James Patterson
Keir Graff

DETECTIVE CLUB

Traduzione di Francesco Spagnol

SALANI EDITORE

Titolo originale:
Minerva Keen's Detective Club

ISBN 978-88-310-2073-2

IL LIBRAIO.IT

il sito di chi ama leggere

Gruppo editoriale Mauri Spagnol, Milano
www.salani.it

A Francesca Montoya
—KG

Prologo

C'È POCO DA FARE: GLI ADULTI ADORANO CHIEDERCI cosa vogliamo diventare da grandi. Immagino che trovino carino quando rispondiamo 'un astronauta', o 'una rockstar', o 'il tuo capo, così posso dirti di piantarla con queste domande'.

Ma prevedere il futuro è difficile. Non mi sarei mai sognata di rispondere che volevo diventare una detective, proprio come non ho mai sostenuto che avrei fatto l'ispettrice di aiuole, o la guardiana notturna in un negozio di materassi. Non voglio dire che siano brutti lavori, e neppure che a modo loro non siano interessanti: sono semplicemente lavori a cui, personalmente, io non ho mai pensato.

Ma questo era prima degli omicidi nel mio palazzo. Proprio così: *omicidI*, con la *I* maiuscola. Non uno, non due, ma... be', continua a leggere. Scoprirai chi è morto, chi è quasi morto e quali vite ho contribuito a salvare.

(Aiutino: una di quelle vite è la mia.)

E poi, adesso, non sono neppure l'unica detective a scuola. Ma non lasciamo che nel nostro club entri il primo che capita. I nostri soci devono essere curiosi, creativi e bravi a scovare indizi. Conosci qualcuno che corrisponde a questa descrizione?

O magari… ti ci riconosci tu?

Capitolo 1

ERO SEDUTA AL TAVOLINO DA SCACCHI CON IL RIPIANO in marmo, nel salotto tappezzato di pannelli in legno del nostro condominio, di fronte al mio anziano vicino, Kermit Hermanson. Giocavamo tutti e due rapidi e concentrati. Il desiderio di vincere mi stava consumando.

Toccava a me, così spostai il cavallo al centro della scacchiera e fermai il mio orologio con un CLICK, rimettendo in moto quello di Kermit. Avevamo solo dieci minuti a testa per giocare l'intera partita.

Kermit alzò un sopracciglio e si accarezzò la lunga barba grigia. «Zei zicura di folerlo fare?» chiese. Il suo accento lo faceva assomigliare allo scienziato pazzo di un film coi mostri. Mi ha sempre detto di venire dalla Svezia, e io non ho mai incontrato nessun altro che venga dalla Svezia o che abbia una parlata come la sua.

«Mai stata così sicura in vita mia» gli risposi. «Perché, inizi ad avere paura?»

Kermit era duro da battere, perciò decisi che qualche punzecchiatura non avrebbe fatto male.

Anche se Kermit mi aveva insegnato a giocare a scacchi quando avevo sei anni, di quei tempi era raro che giocassimo faccia a faccia. In genere io facevo le mie mosse mentre andavo e tornavo da scuola, e lui le faceva mentre andava e veniva dalle sue passeggiate quotidiane per il nostro quartiere di Chicago. Ma quel giorno era domenica, così quando ci eravamo incontrati in ascensore avevamo deciso di prendere qualche snack e sederci per una partita.

«Be', accomodati pure, ze proprio fuoi perdere...» disse Kermit, alzando un sopracciglio.

Sorrise e mosse il suo alfiere per bloccarmi. CLICK.

Avevo aperto con una serie di mosse aggressive nota come Attacco Fegatello. (Lo so che sembra uno scherzo, ma prova a cercarlo: esiste davvero.) Normalmente me ne sto sulla difensiva, perché Kermit è un giocatore molto più forte. Ma stavolta volevo mandarlo in confusione passando io all'attacco... e la sua ultima mossa mi aveva appena confermato che stava funzionando.

Attaccai di nuovo. CLICK.

«Fossi in te aspetterei a cantar vittoria» gli dissi.

«Zei partita col botto» ammise Kermit. Fino a quel

momento aveva giocato veloce e con aria fiduciosa, ma adesso stava esitando. «Zpero zolo che tu zappia come dare matto».

«Oh, tranquillo, so bene come dare matto. L'unica domanda è quante mosse mi ci vorranno».

Alzò la sua regina e poi la rimise dov'era prima. Si strattonò il colletto della camicia, come se di colpo fosse diventato troppo stretto.

Sentivo già il profumo della vittoria: una vittoria che sarebbe stata ancora più dolce, dal momento che per una volta sarei stata lì a godermi la sua espressione.

Alcune gocce di sudore iniziarono a scorrere tra le rughe di Kermit, sulla sua fronte color pesca. Fece un'altra mossa e fermò di nuovo l'orologio – CLICK – tentando di bloccarmi con un pedone. Ma stava solo ritardando l'inevitabile. All'improvviso mi sembrava di vedere tre mosse avanti a lui. Sapevo esattamente come avrei dovuto proseguire per chiudere le danze.

«Sei sicuro di volerlo fare?» gli chiesi, prendendolo in giro.

«Forze no» ammise lui. «Non mi zento un granché bene, quest'oggi».

«O forse ti sei solo dimenticato come ci si sente a perdere».

CLICK.

Kermit sorseggiò il suo tè, che dall'odore sembrava

fumo di falò in forma liquida. Aveva già mangiato tutta la sua torta al limone, lasciando a malapena le briciole.

«Zì, è pozzibile» disse. «O forze...»

Aggrottò la fronte.

«Forse cosa?» domandai.

Sembrava che stesse valutando l'ipotesi di arrendersi. Negli scacchi, quando un giocatore sa di non avere più modo per rimontare e vincere, allora abbandona la partita rovesciando con un colpetto il proprio re. È un modo super drammatico per dire: '*Va bene, ci rinuncio: hai vinto tu!*'

Be', Kermit ci rinunciò, questo è poco ma sicuro. Solo che non diede nessun colpetto al suo re.

Invece roteò gli occhi, fece cadere a terra i pezzi... e stramazzò sulla scacchiera.

Capitolo 2

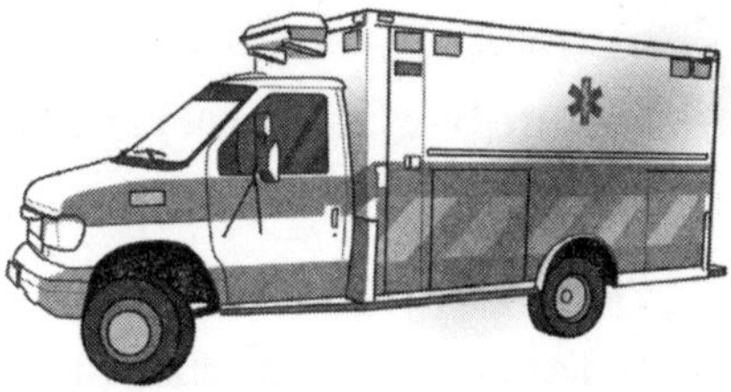

«OKAY, MOLTO DIVERTENTE» DISSI. «MA NON DEVI prenderla così sul personale, è solo una partita».

Kermit non si mosse. Lo osservai... per lo meno, osservai i radi capelli grigi che aveva in cima alla testa.

«Non offenderti, ma hai mai valutato l'ipotesi di uno shampoo antiforfora?» chiesi.

Ancora nulla. Iniziavo a sospettare che la forfora fosse l'ultimo dei suoi problemi.

«Kermit?» chiesi un po' spaventata. «Riesci a sentirmi?»

Ma i pezzi degli scacchi sembravano più ben disposti di lui a rispondermi.

Mi sporsi sopra la scacchiera e strinsi una spalla a Kermit. Era ossuta e fragile, anche attraverso il suo spesso golfino di lana. Gli diedi una scossa, ma non troppo forte: volevo evitare di rompere qualcosa.

Era floscio come un filetto di pesce crudo. La sua schiena si alzava e si abbassava, quindi capii che se non altro respirava ancora. Qualunque fosse il problema, c'era ancora tempo per salvarlo. A meno che... E se Kermit fosse stato lì lì per morire?

«Aiuto!» gridai, sperando che qualcuno al di fuori del salotto riuscisse a sentirmi. «Sono qui dentro, aiuto!»

Non venne nessuno.

'Mantieni la calma, fai respiri profondi, e PENSA' mi dissi. Afferrai il telefono e chiamai il 118.

«Come posso aiutarla?» rispose il centralinista.

«Sono Minerva Keen, la chiamo dalla lobby dell'Arcanum, sulla North Dearborn Parkway. Il mio vicino è appena collassato sulla scacchiera».

«Sai dirmi cosa è successo?»

«Be', ha giocato in difesa quando avrebbe dovuto attaccare, ma probabilmente non è questo che vuole sapere. Immagino sia stato un infarto. È piuttosto vecchio».

«Le mando un'ambulanza» disse il centralinista.

Sentii che avrei dovuto fare qualcosa per aiutare Kermit, ma dato che i suoi polmoni stavano funzionando non aveva bisogno del massaggio cardiaco. Corsi al portone d'ingresso per dire a Oskar, il portinaio, che sarebbe arrivata un'ambulanza, e *lui* chiamò Delores DeWitt, l'amministratrice del condominio.

Pochi istanti dopo, eravamo tutti e tre in piedi

attorno al povero vecchio Kermit. Oskar sembrava preoccupato, ma Delores squadrava Kermit dall'alto in basso come se fosse qualcosa di repellente che andava rimosso dal morbido tappeto persiano.

«Non mi è mai piaciuto che voi due giocaste a scacchi qui dentro» sbottò con la sua voce gracchiante.

Non ne fui troppo sorpresa: se è per quello, non le sono mai piaciuta nemmeno io. Però le risposi a tono.

«Sta dando seriamente la colpa a un gioco da tavolo? Sarebbe come dire che mettersi a sedere è pericoloso per la propria salute» dissi.

«Forse dipende dalla *persona* con cui ti metti a sedere» disse Delores.

Perdere contro di me non poteva davvero aver messo al tappeto Kermit... giusto?

L'ambulanza arrivò in fretta dall'ospedale DuSable, che si trova a pochi isolati di distanza. Il mio fratellino Heck (io ho dodici anni, lui ne ha undici) ci finisce così spesso che ormai siamo in confidenza con la maggior parte dei dottori.

Conosciamo persino i soccorritori dell'ambulanza: Joan, che è piccolina e ha tatuato sul braccio un teschio che digrigna i denti, e John, che è gigantesco e ha tatuato un orsacchiotto. Naturalmente, li chiamiamo Big Joan e Little John. Non immaginereste mai che sono fratelli gemelli.

Big Joan e Little John controllarono i parametri vitali di Kermit e lo adagiarono con delicatezza su una barella. Gli fissarono una maschera per l'ossigeno sul volto e lo trasportarono verso l'ambulanza, mentre Oskar teneva aperto il portone. Poi Big Joan accese le luci e la sirena e partì a tavoletta, facendo fumare e stridere le gomme come se il suo guidare ambulanze fosse solo un passatempo in attesa di sfondare nella Formula Uno.

«Almeno metti in ordine questo pasticcio» disse Delores con un'occhiataccia, prima di dirigersi verso il suo ufficio nel corridoio sul retro. «E spero che tu abbia imparato la lezione».

'E quale sarebbe di preciso la lezione?' mi domandai mentre rimettevo a posto i pezzi sulla scacchiera. Era successo tutto così in fretta: un attimo prima stavo giocando a scacchi con Kermit, e dieci minuti dopo ero sola.

'Ti prego, rimettiti' pensai, e sprofondai di nuovo nella mia sedia, afflitta, con una sensazione di malessere allo stomaco.

Capitolo 3

SCHIACCIAI IL PULSANTE E OSSERVAI L'ASCENSORE scivolare giù da uno dei piani superiori. Il mio palazzo, l'Arcanum, è alto dodici piani, ha centoventi anni ed è considerato un punto di interesse storico. Un atrio centrale svetta fino all'enorme lucernario. Dei balconi in ferro battuto circondano l'atrio, motivo per cui riesco a vedere i miei vicini che entrano ed escono dai loro appartamenti. È estremamente lussuoso, ma non molto riservato: la gente non fa che lamentarsi del rumore, quando Heck e io giochiamo a nascondino.

Ma non è colpa *nostra*, se i balconi sono così perfetti per giocarci a nascondino.

Entrando in ascensore, mi chiusi la porta dietro le spalle e salii fino al nostro appartamento, al secondo piano. L'ascensore è come una voliera in ferro battuto, quindi ti conviene tenere le dita dentro mentre si muove, se non vuoi che finiscano a fettine.

Avevo bisogno di raccontare a Heck quello che era successo a Kermit, ma lui era al mercato contadino. Non potevo parlarne neppure con nostra cugina, Bizzy, perché era alle prese con la sua tesi all'Università di Chicago. E avrei dovuto svegliare i miei genitori, se avessi voluto parlare con loro: stavano in Australia, e là erano ancora le quattro e mezzo del mattino.

L'Arcanum è come una calamita per le persone più diverse e strampalate. Un sacco di celebri abitanti di Chicago hanno vissuto qui, nel corso degli anni: dagli artisti e gli architetti fino agli assessori e i gangster, oltre agli avvocati che hanno difeso in tribunale i suddetti assessori e gangster.

Immagino si possa dire che la mia famiglia ci si adatta perfettamente. Mio padre, August Keen, è un matematico specializzato in numeri immaginari, e mia madre, Aurora Keen, è una filosofa che studia l'autocoscienza del cervello. Persino le loro chiacchiere più informali suonano come se stessero comunicando in codice. E poi c'è Heck, che non solo è uno scavezzacollo ma cucina anche come uno chef stellato.

Quanto a me, sono abbastanza normale: vado a scuola, gioco in una squadra di calcio giovanile, e ogni tanto mi ritrovo con il mio vicino di casa per una partita a scacchi. Ma quando sei la persona più normale in una famiglia di fenomeni da circo, finisce che diventi anche tu una specie di fenomeno da circo, no?

Il mio unico problema è che non ho poi tutti questi amici, specialmente da quando la mia migliore amica, Charis, si è trasferita a Rancho Cucamonga, in California. Mia mamma dice che gli altri bambini vengono messi in soggezione dalle mie capacità intellettive fuori dal comune. Se è così, allora gli altri bambini la vedono nel modo sbagliato, perché se io avessi più amici il mio super cervello potrebbe far comodo anche a loro.

E poi, avrei avuto qualcuno con cui parlare di quello che era appena successo nella lobby dell'Arcanum.

Capitolo 4

Non dovetti aspettare a lungo prima di poter raccontare l'accaduto... ma non fu con chi mi ero aspettata.

Quarantacinque minuti dopo, stavo leggendo il mio libro preferito (*Tu hai torto e io ho ragione. Come vincere qualunque discussione, non importa quanto insignificante*) nel mio angolino preferito (sdraiata sul divano del soggiorno, con qualche cuscino sotto la testa e i piedi), quando il nostro campanello iniziò a strepitare. Sembra un po' una pecora che scoreggia attraverso una trombetta.

Chiusi il libro, lo appoggiai sul bracciolo del divano e mi avviai verso l'ingresso. Invece di un normale citofono, abbiamo dei tubi di ottone che scendono giù, giù fino al salone d'ingresso. Come dicevo, il palazzo ha centoventi anni.

(I tubi sono fantastici per fare scherzi; l'anno scorso, Heck e io abbiamo fatto credere ai nostri vicini che ci fossero dei fantasmi che bisbigliavano nel salone.)

«Chi c'è, Oskar?» domandai.

«C'è un certo detective Taylor che dice di volerti parlare, signorina Keen» annunciò. La sua voce ovattata sembrava provenire dall'altro capo del tubo di cartone più lungo del mondo.

«Mandalo su» gli dissi.

La mia mente galoppava: 'Detective? Che fosse qui per Kermit?'

Quando aprii la porta, il mio ospite misterioso mi osservò di rimando. Aveva la pelle di un color bruno scuro e i capelli corti e brizzolati, e indossava un completo blu sgualcito con una cravatta che ricordava una brutta zuffa in cucina tra ketchup e senape.

«È qui per Kermit? Sta bene?»

«Sei Minnie Keen?» chiese lui.

«Mi chiamo Mi-ner-va» dissi. Non tollero che mi chiamino Minnie; non sono una miniatura, e nemmeno un topo.

«Io sono il detective Wesley Taylor» mi disse lui. «Vorrei farti alcune domande».

Mi feci da parte per farlo passare. «Che bella coincidenza, perché anch'io vorrei fare alcune domande a LEI. Per esempio, perché è qui?»

Guardò il pavimento di marmo, i pannelli di legno intagliato e il lampadario scintillante nella nostra sala d'ingresso, come se stesse registrando un video con gli occhi. Poi tirò fuori un taccuino e lo aprì di scatto.

«Inizierò io» disse il detective Taylor. «I tuoi genitori sono a casa?»

«No. Sono in Australia per le prossime dieci settimane, come docenti esterni all'Università di Melbourne» dissi io.

«Hai un tutore?»

«Mia cugina Elizabetha Burnham, Bizzy in breve. Sta per completare il dottorato all'Università di Chicago ed è super geniale».

«Quindi sei da sola?»

«Finché non tornano Bizzy e mio fratello Heck».

«Spiegami cosa è successo al signor Hermanson questo pomeriggio».

Quindi *era* per quello che era venuto. Gli raccontai che Kermit mi aveva insegnato a giocare quando ero piccola, e che nonostante facesse un po' il burbero in verità era super carino, e anche se in genere ci sfidavamo online, quel giorno avevamo deciso di giocare a scacchi faccia a faccia. Spiegai che avevo fatto un salto all'Elegant Grind, la caffetteria all'angolo, per il mio solito ordine, un caffelatte mezzo decaffeinato con il cacao, e che avevo preso un tè nero Russian Caravan e una fetta di torta al limone per Kermit.

Poi descrissi la drammatica conclusione della partita.

«Come ti è sembrato, prima del collasso?» chiese il detective Taylor.

«Senza dubbio sudava» dissi. «Si era appena reso conto di essere caduto nella mia trappola».

Lui alzò un sopracciglio. «Che genere di trappola?»

«Non una trappola vera: una trappola strategica» dissi io. «E se devo essere sincera, ci sono modi più semplici per evitare una sconfitta che andarsene all'ospedale. Sa qualcosa degli scacchi?»

Scosse la testa. «Preferisco il poker. Il sapore della torta aveva qualche cosa di strano?»

«Non l'ho neppure toccata» gli dissi.

«E per quale motivo?»

«Aveva sopra dei semi di papavero, che a me sembrano cacche d'insetto».

«Non ti pare sospetto che sia collassato dopo aver mangiato della torta che tu non hai toccato?»

Non potevo crederci. Prima Delores aveva dato la colpa agli scacchi, e adesso il detective Taylor incolpava un pezzo di torta, come se pensasse che fosse avvelenato? Di colpo, mi sentii così nervosa che mi scappò un rutto, senza che io potessi farci niente. Ad alcune persone viene la bocca secca, ad altre tremano le ginocchia o si sentono lo stomaco sottosopra... io rutto. Il detective Taylor ovviamente se ne accorse, ma per fortuna fece finta di nulla.

«Dovrebbe saperlo meglio di me: si tratta solo di una prova indiziaria» gli dissi, cercando di convincerlo che non avevo fatto niente di male. «Solo perché un evento segue a un altro, non significa che i due eventi siano collegati. Ma sta dicendo che Kermit *non ha* avuto un infarto? Cosa sta succedendo?»

Il detective Taylor mi fissò senza espressione. Doveva essere un ottimo pokerista. Poi mi superò e iniziò a scrutare i dipinti a olio dei miei antenati che costellavano i muri dell'ingresso.

«Sei davvero puntigliosa, Minerva» disse senza voltarsi. «Non ti sei mai cacciata nei guai?»

«Non direi» risposi, il che non era al cento per cento vero. Ma non era neppure una bugia per la quale potesse arrestarmi.

Continuò a camminare verso il soggiorno, così dovetti seguirlo. Dopo aver estratto da uno scaffale alcuni libri dei miei genitori, accigliandosi davanti ai loro titoli sconcertanti (mio papà ne ha uno che si chiama *Quando N è insufficiente. L'ABC di X e Y*), raggiunse l'angolo del nostro soggiorno, dove si fermò. Sembrava particolarmente interessato alla nostra vetrinetta espositiva, con la sua collezione di fiale, fiaschette e ampolle di ogni tipo.

«Cosa sapresti dirmi di questi?» domandò.

«Appartenevano al mio bisnonno, Vitus Keen» gli dissi. «Era un chimico, fece fortuna per aver contribuito all'invenzione della capsula a lento rilascio».

Il detective Taylor annuì, come se quella collezione di reperti avesse confermato qualcosa che già sospettava.

Iniziai a domandarmi che cosa sapesse di Kermit, e se parlare con lui fosse stata una cattiva idea.

«Ci rivedremo molto presto, signorina Keen» disse.

Capitolo 5

Avevo appena chiuso la porta alle spalle del detective Taylor quando sentii un tonfo, un grido e un rumore di verdure che cadono.

Spalancai di nuovo la porta. Il detective era lungo disteso sopra Heck, il cui Onewheel girava a vuoto poco distante. Erano circondati da pomodori, broccoletti, teste d'aglio e cipolle rosse.

Oltre a essere un cuoco eccellente che fa sempre la spesa al mercato contadino di quartiere, Heck è anche un disastro su qualsiasi mezzo dotato di ruote (ecco come mai conosco il rumore che fanno le verdure quando cadono).

Corsi ad aiutare il detective Taylor, ma lui si stava già rimettendo in piedi, pronto a controllare che Heck stesse bene. Come sempre, Heck saltò su come una molla.

«Chiedo scusa!» disse Heck. «Non mi aspettavo che qualcuno entrasse nell'ascensore».

Il detective Taylor ci aiutò a raccogliere gli ortaggi e a rimetterli nelle sporte. «Allora, chi è il cuoco? Vostra cugina Bizzy?»

Mio fratello e io scoppiammo a ridere. Bizzy è abbastanza sveglia da risolvere il problema del riscaldamento globale, ma non saprebbe bollire l'acqua nemmeno se ne andasse della sua vita.

«Voglio diventare uno chef stellato con il mio ristorante personale» gli disse Heck.

«E lo farà, perché tutto quello che cucina è buono da morire» aggiunsi io... il che probabilmente non era la miglior scelta di parole davanti a un detective sospettoso.

«Heck sta per qualcosa?» chiese il detective Taylor.

Heck annuì.

«Il suo vero nome è Hector, ma lo odia proprio come io odio Minnie» spiegai, rimpiangendo di non aver avuto il tempo per parlare con mio fratello prima che il detective iniziasse a curiosare in giro.

«E dove sei stato, Heck?» chiese il detective Taylor, tirando fuori ancora una volta il suo taccuino.

«Sono stato al mercato contadino fin da quando è sorto il sole» disse Heck, sollevando una delle sporte.

«Do una mano ad alcune bancarelle, e in cambio mi regalano un po' di verdura».

Il detective Taylor scribacchiò qualcosa, annuì guardandoci entrambi, ed entrò in ascensore.

Io tenni aperta la porta del nostro appartamento per Heck, che rimontò sul suo Onewheel e scivolò dentro, usando le sporte per bilanciarsi.

«Allora, che cosa sta succedendo?» chiese.

Gli raccontai tutto quello che era accaduto mentre lui era al mercato contadino. Evidentemente suonò piuttosto male, perché Heck tentò sul serio di abbracciarmi.

«Che stai facendo?» chiesi, facendo un passo indietro.

«Cerco di farti sentire meglio, scema» disse. «Ma ancora non capisco perché quel poliziotto sia venuto qui».

«Non è un poliziotto, è un detective della polizia» gli dissi, inghiottendo un altro rutto nervoso. «Vuole il mio aiuto con il caso».

«Certo, e Gordon Ramsay ha appena chiamato chiedendomi di aiutarlo a condurre *MasterChef Junior*» ridacchiò Heck.

«Magari ancora non si è reso conto di volere il mio aiuto» ammisi. «Ma lo capirà».

Heck alzò gli occhi al cielo, poi scivolò in cucina e iniziò a preparare la cena. Io andai in soggiorno per mettermi le cuffie; quando Heck cucina, sembra che dei robot metallici lottino con i coperchi dei bidoni della spazzatura.

'Cosa è successo a Kermit?' mi domandai, buttandomi sul divano. Sperai che stesse bene. Certo, era abbastanza vecchio da poter essere mio nonno, o persino il mio bisnonno, ma era comunque mio amico.

E se qualcuno gli aveva fatto del male, dovevo sapere chi fosse stato. Non solo per scagionarmi... ma anche per assicurarmi che non tornasse a finire il suo lavoro.

Capitolo 6

Per cominciare, dovevo scoprire qualcosa di più sul detective Taylor. Non capita tutti i giorni che un vero detective bussi alla tua porta... sempre che *fosse* un vero detective. Mi scappò un altro rutto. Avevo fatto bene a farlo entrare? È difficile a credersi, ma ci sono persone che si fingono agenti di polizia. Alcuni di loro pensano solo che sia divertente arrestare la gente per aver superato i limiti di velocità. Ma ce ne sono altri che fanno ben di peggio.

E se ci pensi, fingersi un poliziotto è il camuffamento migliore per un criminale, no?

Con le cuffie isolanti ben strette sulla testa in modo da non sentire Heck, misi su la musica che in genere ascolto per studiare. Poi mi sistemai sul divano e aprii il portatile. Digitai *detective Wesley Taylor Chicago* nella barra di ricerca di Google.

Capii subito che era davvero chi diceva di essere. Le immagini che sbucarono fuori ritraevano esattamente l'uomo che era stato nel mio appartamento pochi minuti prima. E dimostravano anche che aveva parecchie altre cravatte orripilanti.

Il primissimo risultato era un titolo del *Chicago Reader*: 'Strage dei senzatetto: Agente cattura l'assassino... con un salto nel suo passato'.

Ci cliccai su e iniziai a leggere.

Il detective della polizia di Chicago Wesley Taylor capì che qualcosa non tornava non appena ebbe analizzato la scena del crimine, non lontano da Montrose Beach. Un dog-sitter aveva scoperto il cadavere di un uomo a poca distanza dal grande campo dei senzatetto sotto Lake Shore Drive.

Il primo agente sul luogo aveva pensato che l'uomo fosse morto di freddo.

Ma Taylor, riconoscendo i segni tipici di uno scontro, comprese che davanti a lui c'era qualcosa di ancora peggiore.

C'era in ballo un omicidio.

A quel punto, mi dimenticai che stavo leggendo. La vicenda era scritta talmente bene che mi sembrava di *vederla*... come se ci fosse stato un film proiettato dentro la mia testa. (La musica inquietante nelle cuffie aiutava. Probabilmente non dovrei studiare con le colonne sonore dei film horror in sottofondo.)

Il detective Taylor aveva lavorato a un sacco di casi di omicidio. Ma questo lo aveva davvero colpito, perché da bambino era stato anche lui un senzatetto. Quando viveva in una macchina con la sua mamma, non poteva nemmeno farsi una doccia prima di andare a scuola. E anche se alla fine avevano trovato un nuovo posto stabile dove vivere, il detective Taylor si era ripromesso che non avrebbe mai ignorato le persone senzatetto che avrebbe incontrato.

Dopo aver studiato i dossier di vari casi, il detective Taylor aveva scoperto uno schema sospetto nelle morti di alcuni senzatetto. Si era convinto che fossero tutte vittime di uno psicopatico. Ma c'erano troppi senzatetto in troppi posti diversi... e il suo capo non voleva dargli nessun altro detective che lo aiutasse.

Così il detective Taylor era andato sotto copertura, anche se l'inverno a Chicago era così freddo che il lago Michigan ricordava i ghiacci dell'oceano Artico. Prese a indossare vestiti dell'Esercito della Salvezza, dormendo in una vecchia tenda fatiscente, e passò il tempo a conoscere di persona i senzatetto che vivevano nelle vicinanze dei luoghi in cui erano state trovate le altre vittime.

E per poco non era diventato lui stesso una vittima. Una notte, mentre rabbrividiva nel suo sacco a pelo, vide un'ombra sulla parete della tenda: un tipo grande e grosso stava per calargli una pesante sbarra di ferro sulla testa!

'È stata l'unica volta in cui io abbia mai sparato a un altro essere umano mentre ero in servizio' disse al reporter. 'Ma sono felice di non averlo ucciso. Voglio che passi il resto della sua miserabile vita chiuso in quella piccola cella, perseguitato dai volti delle sue vittime'.

Rabbrividii, alzando finalmente lo sguardo dallo schermo.

Il detective Taylor non era solo un tipo con la faccia da poker che indossava cravatte di dubbio gusto: era un eroe in carne e ossa. E sotto quelle cravatte spaventose batteva un cuore gentile e premuroso.

Ma era anche duro da piegare. E di certo non si arrendeva facilmente. Ero sicura che non avrebbe mai e poi mai rinunciato a un caso. Ora dovevo solo convincerlo che eravamo dalla stessa parte.

Capitolo 7

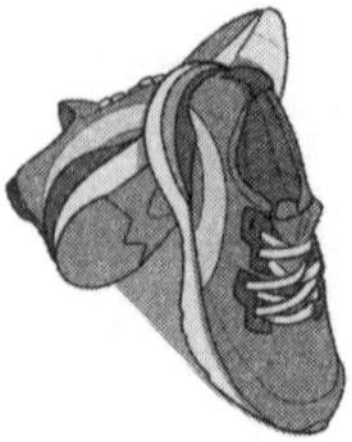

Bizzy tornò a casa appena prima di cena. Quando la mia cugina geniale entra in una stanza, sembra che una folata di vento abbia spalancato la porta e che tutto quanto voli di qua e di là.

«Wow, che profumo fantastico!» gridò, mentre svuotava lo zaino impilandone il contenuto su una sedia già troppo piena.

«Lo so!» rispose Heck dalla cucina.

«Com'è andata la giornata?» le chiesi, chiudendo il portatile e sollevando lo sguardo dal divano.

«È stata molto produttiva» disse Bizzy. «Io e il mio relatore abbiamo finalmente deciso il titolo della mia dissertazione: 'Se i mondi paralleli esistono, in quale mi trovo io?' Ma adesso mi fa male la testa, e a dire il vero anche i miei piedi sono un po' indolenziti».

Abbassai lo sguardo. Le dita dei suoi piedi erano

sporche. Probabilmente perché non indossava calze né scarpe.

«Penso che tu abbia perso qualcosa» le dissi.

Seguì il mio sguardo, agitò le dita, e sussultò. «Oh! Ma che strano! Sono *sicura* che questa mattina avevo le scarpe, perché mi ricordo di averle sfilate per togliere un po' di ghiaia».

«Mi sa proprio che ti sei scordata di rimettertele» dissi io. «Adesso riempio la vasca da bagno, così puoi lavarti i piedi».

«Grazie, Minerva, non so cosa farei senza di te» disse Bizzy, dandomi un bacio sulla testa dal quale mi divincolai.

Quando mia mamma ha chiesto alla sua sorella maggiore, Arabella, se la sua figlia più grande potesse tenerci d'occhio mentre i miei erano in Australia, sono certa che loro abbiano pensato che Bizzy sarebbe stata perfetta. Dopo tutto, ha venticinque anni ed è il più grande cervello di tutta la famiglia.

Ma la testa di Bizzy è sempre tra le nuvole, tanto da farle letteralmente scordare che i suoi piedi sono attaccati al suo corpo. E l'avvicinarsi della data in cui dovrà discutere la tesi di dottorato l'ha resa ancora più distratta del solito… insomma alla fine sono io a dover fare da babysitter alla nostra babysitter.

La cena fu deliziosa come sempre. Mentre mangiavamo raccontai a Bizzy tutto di Kermit, e lei e Heck fecero un sacco di domande. Entrambi concordavano con me nel considerare tutta quanta la situazione triste e strana. Ed erano anche entrambi stupiti dal detective Taylor.

Siccome Heck aveva cucinato, e Bizzy rompe i bicchieri appena li tocca, mi occupai io di lavare i piatti. Tolsi i residui di cibo, misi gli avanzi nel frigo e caricai la lavastoviglie. Fin lì non mi pesava, ma quando si trattò di scaricare il sacco della spazzatura nello scivolo fuori dalla porta sul retro, aprii e richiusi il portello il più velocemente possibile. Purtroppo, non potei evitare di sentire il sacco slittare giù per lo scivolo, e poi sbattere su uno dei grossi cassonetti nel seminterrato.

Pensare al seminterrato mi dà i brividi. Oskar mi ha detto di aver visto un ratto laggiù, e io *odio* i ratti (così come i pipistrelli, gli insetti, i ragni e qualsiasi altro animale che proceda a scatti, strisciando o zampettando). Dopo quella volta, mi sono immaginata una famiglia di ratti in attesa famelica di trasformare la nostra spazzatura nella loro cena, tutti intenti a diventare grandi e grossi e forti grazie ai piatti di Heck.

Che *schifo*.

Prima di metterci a letto, Heck e io parlammo un po' attraverso la grata di aerazione che collega le nostre due camere: è una cosa che siamo abituati a fare fin da quando siamo stati abbastanza grandi da avere ciascuno la propria stanza.

«Perché la polizia dovrebbe immischiarsi in un caso che a rigor di logica implica semplicemente un ictus o un infarto?» gli chiesi, mentre sistemavo il cuscino del mio grosso letto a baldacchino. «Kermit è troppo buono per avere dei nemici».

«Lo so che credi di sapere tutto» disse Heck assonnato. «Ma per quanto tu possa trovarlo incredibile, loro devono sapere qualcosa che tu non sai».

«Ecco, è questo che lo rende così frustrante: voglio saperlo anch'io» dissi.

Sbadigliò così forte che sentii la sua mandibola schioccare. «Be', prova a rifletterci, Minerva. O pensano di sapere *cosa* è successo, o pensano che ci sia un *motivo* dietro».

È sempre fastidioso quando Heck ha ragione.

«Questo mi fa venire un'idea» gli dissi. «Vuoi sapere di che si tratta?»

Ma Heck non rispose. Dormiva già della grossa.

Capitolo 8

Finite le lezioni, non appena suonò l'ultima campanella, mi precipitai giù dalle scale fino all'aula 203 e trascinai tutti i banchi a formare un grande cerchio. Ero ancora preoccupata per Kermit, ma avevo anche un buon motivo per essere eccitata. Era il terzo lunedì del nuovo anno scolastico, il che poteva significare una sola cosa.

La Giornata dei Club.

Ero arrivata a scuola mezz'ora prima, quella mattina, per appendere i manifesti del nuovo club che stavo per fondare: il Club del Dibattito. Molta gente non si rende conto che non è necessario aspettare di arrabbiarsi, per poter discutere: lo si può anche fare per divertimento.

Prima di scuola, avevo appeso alcuni manifesti sulla bacheca vicino alla fontanella, ne avevo incollati altri sul portone principale, e ne avevo persino incastrati alcuni dietro le cornici degli specchi nei bagni delle ragazze. Insomma, era impossibile che qualcuno arrivasse alla Scuola Media Jane Byrne senza scoprire che i provini per il Club del Dibattito si sarebbero tenuti alle 15:20 nell'aula 203.

Mentre la lancetta dei minuti si avvicinava all'ora X, aprii il quaderno e scrissi 'Club del Dibattito' in cima a un foglio bianco. Nella riga successiva scrissi 'Membri'. Al di sotto, scrissi 'Minerva McKeen, Presidentessa e Fondatrice'.

Uso quaderni a righe scolastiche, quindi avevo ancora spazio per altri trentuno membri, e comunque avrei sempre potuto girare pagina se il mio club si fosse dimostrato popolare quanto speravo.

Il corridoio al di fuori dell'aula iniziò a riempirsi di gente in cerca di nuovi gruppi cui aderire: ogni aula al secondo piano ospitava un diverso club. C'erano un club per i videogiochi, uno per gli anime e uno per la programmazione, e poi un club del libro, un club di kickball e persino un club per le persone che amavano unirsi ai club.

Ma a chi non piace una bella discussione?

Vidi dei bambini che chiacchieravano e ridevano passando oltre, ma nessuno di loro entrò nell'aula 203, nonostante la porta fosse ricoperta di manifesti del Club del Dibattito.

Avevano paura di perdere ogni singolo dibattito a causa delle mie capacità intellettive superiori?

Il corridoio si svuotò lentamente, finché non sentii più nessun paio di scarpe stridere sul pavimento lucido. Erano le 15:30.

Aspettai altri cinque minuti, giusto per essere sicura, poi chiusi il quaderno e mi alzai con un sospiro. Un club del dibattito con un solo membro non avrebbe mai potuto funzionare. La gente ti guarda già male se parli tra te e te... se poi *discuti* tra te e te, allora cambiano proprio lato del marciapiede.

Ma gli altri ragazzi non erano interessati al club... oppure non erano interessati a me? E in questo caso, perché no?

'Be', Minerva' dissi tra me e me, 'la mamma lo ha sempre detto che gli altri bambini sono messi in soggezione dalle tue capacità intellettive superiori'.

'Ma chi non vorrebbe passare del tempo con una persona geniale che adora discutere?' mi risposi da sola.

'Oh-oh' pensai. Ci ero già cascata: stavo discutendo tra me e me. Ma almeno non ad alta voce.

All'improvviso, un ragazzo entrò di corsa e si sedette al primo banco che si trovò davanti.

Avevo il mio primo membro!

Ed era l'ultima persona che mi sarei aspettata.

Capitolo 9

Santos Salgado era il ragazzo più grosso della Scuola Media Jane Byrne. Era così alto che le sue ginocchia si incastravano solo a fatica sotto il banco, e le sue lunghe braccia arrivavano quasi al pavimento dell'aula. Gli altri bambini avevano paura di lui, forse perché dava l'impressione di poter schiacciare nel canestro persino il nostro prof di ginnastica.

E anche se Santos era in prima media come me, gli si intravedevano già un paio di baffi lanuginosi.

«Benvenuto al Club del Dibattito!» esclamai.

Santos mi fissò: sembrava stesse riflettendo se io fossi un animale, un vegetale o un minerale.

Ho dimenticato di dire che, oltre a essere il ragazzo più grosso della scuola, è anche il più silenzioso. La gente lo chiama 'Santos il Silente'... il che rendeva ancora più inspiegabile il fatto che fosse interessato al Club del Dibattito.

Ma chi poteva dirlo? Magari voleva solo migliorare le sue doti retoriche davanti a un pubblico. Con un po' di incoraggiamento, ero certa che sarei riuscita a farlo aprire.

E poi, non è che ci fosse molta gente in attesa del suo turno.

Battei le mani, il che parve farlo sussultare, quindi entrai nel cerchio di banchi in modo da poter camminare mentre parlavo. È più facile mantenere l'attenzione delle persone, se sei in movimento.

«Il dizionario *Merriam-Webster* definisce 'dibattito' uno 'scambio regolato tra due parti in merito a una certa affermazione'» gli dissi. «Ma non suona molto divertente, perciò io preferisco definire il dibattito come 'una discussione'. Ti piace discutere?»

A giudicare dalla sua espressione perplessa, doveva appena avermi catalogata tra i *vegetali*.

Ma i vegetali sudano? Perché io iniziavo a sudare un pochino. Lavorare con Santos sarebbe stata senza dubbio una bella sfida.

«Credo di avere le carte in regola per guidare questo club, perché ho imparato la logica e la teoria dell'argomentazione dai miei genitori» gli dissi, imperterrita. «Potremo anche essere solo in due, ma se iniziamo adesso e reclutiamo un po' di altri studenti, il giorno in cui inizieremo la terza media la Scuola Media Jane Byrne potrebbe vantare una delle migliori squadre di dibattito di tutto l'Illinois!»

Santos il Silente si scavò l'orecchio, si osservò il dito, poi lo sfregò contro il fondo della sedia.

Battei di nuovo le mani, e lui praticamente fece un salto. Sarebbe caduto dal banco, se solo non ci fosse stato incastrato dentro con tanta solidità.

«Come riscaldamento, adesso io dirò qualcosa e tu sosterrai il parere opposto» gli dissi. «Pronto? Ecco qua: la gente impara meglio quando sta seduta al proprio banco».

Santos il Silente mi guardò per un minuto buono, prima di decidersi ad aprire lentamente la bocca.

Stava per dire qualcosa!

Poi la richiuse di nuovo.

Saltò fuori dal banco come un tappo di champagne e fece per allontanarsi.

«Aha! Stai avvalorando la tua tesi nella discussione senza nemmeno parlare» dissi. «Hai appena dimostrato che possiamo imparare anche quando *non* siamo seduti nei banchi».

A quel punto mi resi conto che se ne stava andando e basta.

«Aspetta... ma dove vai?» chiesi, con il cuore che sprofondava come un sasso nell'acqua.

Finalmente, Santos il Silente parlò.

«Ho sbagliato aula» mi disse.

Capitolo 10

PRIMA IL MIO PARTNER SCACCHISTICO ERA FINITO IN ospedale, e adesso nessuno voleva entrare nel mio club. Probabilmente il motivo era che tutti avevano paura di discutere con me, ma questo non mi faceva affatto sentire meglio.

Per fortuna, quando arrivai a casa, in tutto l'appartamento aleggiava un profumo tale che mi parve di essere morta e finita in paradiso… sempre ammesso che il paradiso sia un posto dove servono solo la colazione. Heck stava di nuovo preparando una cena a base di colazione! Seguii la pista olfattiva fino in cucina, dove lo trovai intento ai fornelli. Uova e bacon sfrigolavano sul fuoco… mentre i pancake erano sparsi su tutto il pavimento.

«Perché ci sono dei pancake per terra?» domandai.

«Sto cercando di girarli con la padella» disse. «Ci sono quasi».

«Sono abbastanza sicura che questa cosa la facciano solo nei cartoni animati» gli dissi. «Un po' come dare forma alla pizza facendola roteare e lanciandola per aria».

Heck unse una padella e la mise a scaldare sui fornelli, pronto a riprovarci.

«Ti sbagli» disse. «La gente lancia davvero l'impasto della pizza per aria. E gira anche i pancake con la padella».

So un sacco di cose su parecchi argomenti, ma non so cucinare, così cercai un paio di video su YouTube per controllare. Aveva ragione lui.

«Questa volta mi verrà benissimo» disse Heck, versando un po' di pastella nella padella calda.

Guardando in alto, vidi tre pancake appiccicati sul soffitto.

«È davvero un peccato che non possiamo mangiare sul pavimento e sul soffitto» commentai.

Heck impugnò la padella, la agitò per far staccare il pancake, e la vibrò come un giocatore di tennis che vuole restituire un tiro molto alto. Il pancake volò per aria... roteò... e atterrò di nuovo sul lato già cotto.

«Devi fargli fare un giro di centottanta gradi, non di trecentosessanta» gli dissi.

«Ma non mi dire...» rispose mio fratello.

Provò di nuovo, era così concentrato che tirò fuori la lingua. Stavolta il pancake si girò alla perfezione... ma Heck aveva fatto volare per sbaglio anche la padella. Il pancake atterrò sul pavimento. La padella rimbalzò contro la parete e cadde sul manico del tegame del bacon, sparando grasso ovunque sui fornelli.

Prima che potessimo reagire, il nostro piano cottura a sei fornelli era diventato un falò incontrollabile. Fiamme rosse e gialle crepitavano, e di lì a poco avrebbero appiccato il fuoco all'intera cucina!

Cercai disperatamente un estintore, ma non lo trovai nel freezer, né in frigo, e neppure nel bidone della raccolta differenziata. (È difficile ragionare in maniera logica quando hai paura di finire abbrustolita.) Dovevo trovare una soluzione, e in fretta: se il nostro appartamento avesse preso fuoco, l'intero condominio sarebbe diventato un inferno verticale.

Heck spense tutti i fornelli. Poi sollevò la sua gigantesca ciotola di pastella per i pancake e la rovesciò sul fuoco! La pastella sfrigolò, ribollì e colò sui lati del piano cottura. Per un attimo pensai che anche la pastella avrebbe preso fuoco.

Ma poi, come un miracolo, il fuoco si spense una volta per tutte.

Ci afflosciammo sul pavimento, fissando il piano cottura carbonizzato.

«Non capita tutti i giorni di girare un pancake e distruggere i fornelli» dissi.

«Ci sono arrivato così vicino!» disse Heck.

Il piano cottura era talmente caldo che la pastella si cosse rapidamente, fino a rassodarsi. Heck ne tagliò una fetta, diede un morso e masticò con attenzione.

«Non è mica male. Chiamerò questa ricetta... Sorpresa ai Fornelli».

«Scordati di avere il tuo ristorante. Dovresti avere il tuo show personale in TV» dissi. «Potresti chiamarlo *Disastri al limite in cucina*».

Heck si strinse nelle spalle. «Be', a ogni modo, la cena è pronta».

Capitolo 11

Bizzy uscì da camera sua e ci raggiunse al tavolo della sala da pranzo. Per qualche minuto, gli unici suoni furono la masticazione, la deglutizione e i fischi che mia cugina emetteva dal naso. La 'Sorpresa ai Fornelli' di Heck non era certo la cosa migliore che avesse mai preparato, ma non era neppure la peggiore. (Certe volte mi sembra ancora di sentire il sapore delle sue omelette alle acciughe.)

Mentre mangiavamo, aprii il portatile e mi misi all'opera, facendo qualche ricerca su Kermit Hermanson. Heck aveva ragione: l'unico motivo per cui un detective poteva essere stato assegnato al caso era che la polizia ci vedesse qualcosa di losco. O sapevano che Kermit era stato avvelenato... oppure sapevano che c'era un motivo per cui qualcuno avrebbe potuto volerlo avvelenare.

Ma perché mai qualcuno avrebbe dovuto avercela con un anziano, i cui unici hobby erano giocare a scacchi, fare passeggiate e sedersi sulle panchine del parco?

Iniziai con una semplice ricerca su Google, inserendo il suo nome tra virgolette, come se stessi svolgendo un compito per la scuola. C'era solo una pagina di risultati. A quanto pareva, nel corso degli ultimi inverni si era lamentato diverse volte con Fred Frizzell, il presidente del consiglio amministrativo del nostro condominio, in merito ai marciapiedi ghiacciati. Non mi pareva un pretesto sufficiente a motivare un assassinio.

Bizzy si ripulì la bocca con un tovagliolo e sbirciò il mio schermo. «Fai ricerche su Kermit?»

Annuii. «Non parla mai di sé, così sto cercando di capire se qualcuno ce l'abbia con lui. Ma non c'è nulla su Google».

«Prova la banca dati dei quotidiani della Biblioteca Pubblica di Chicago» suggerì lei. «Così puoi vedere se ha mai commesso un qualche crimine serio, o se ne è stato vittima, o se è finito immischiato in qualche controversia».

Dopo aver fatto log-in sul sito della biblioteca con il numero della mia tessera, seguii le istruzioni di Bizzy e feci una nuova ricerca. Tutto quello che trovai furono alcune menzioni di Kermit che gareggiava in qualche torneo di scacchi per dilettanti.

«Forse dovresti controllare i registri della contea di Cook» disse Bizzy. «Perché... oops!»

L'*oops* era stato perché Bizzy aveva mancato la sua tazza e aveva versato il caffè nero senza zucchero sopra la sua Sorpresa ai Fornelli.

Heck ne chiese un morso, giusto per vedere se per caso il caffè ne avesse migliorato il sapore, ma l'espressione sul suo viso mi fece capire che così non era.

Mi sentii triste per Bizzy e le lasciai il resto del mio piatto. Non mi andava davvero, in ogni caso, perché iniziava a sapere di grasso di bacon carbonizzato.

Poi aprii una nuova scheda sul browser per cercare tra i registri pubblici. Fu il primo dei risultati a farmi sussultare.

«Che c'è?» chiese Heck.

«Un atto legale di cambio nome. Kermit Hermanson una volta si chiamava Kermit Herascov».

«Visto? Basta sapere dove guardare. Ora devi solo scoprire perché ha cambiato nome» disse Bizzy, come se fosse una faccenda da niente e lei fosse abituata a scoprire identità segrete ogni giorno.

Googlai *Kermit Herascov* e trovai dozzine di pagine di risultati. Kermit non era svedese: era russo. E neppure un russo qualsiasi, se è per quello. Dopo aver guidato le proteste contro il dittatoriale presidente della Federazione Russa, era stato obbligato a rifugiarsi negli Stati Uniti.

Perché la polizia segreta russa aveva tentato di ucciderlo.

Con il veleno.

«Forse dovresti creare dei file per tenere traccia di tutte queste informazioni» propose Bizzy.

«Dei *dossier*!» dissi. «Buona idea».

«Cos'è quel suono?» chiese Heck.

Udivo a malapena un lieve picchiettare dall'altro lato dell'appartamento.

La porta d'ingresso! Spinsi indietro la sedia e corsi fuori dalla sala da pranzo, attraversai il soggiorno e raggiunsi l'ingresso.

Sbirciai nello spioncino e riconobbi la donna riccia dall'altro lato. Non sapevo come si chiamasse, ma era una vicina del nostro condominio che avevo visto in giro per anni, spesso mentre aspettava che il suo nervoso chihuahua facesse la cacca sul marciapiede. Aveva un'aria incredibilmente triste.

Aprii la porta.

«Mi dispiace tanto, ma *così* tanto, che il tuo amico Kermit sia morto!» disse, scoppiando in lacrime.

DOSSIER

Nome: Kermit Hermanson alias Kermit Herascov

Occupazione: Attivista politico (in pensione)

Relazione con il caso: Prima vittima di avvelenamento

Capelli: Bianchi, radi sulla cima, grave caso di forfora

Occhi: Accigliati, acquosi

Età: Vecchio (ma tipo vecchio come un bisnonno)

Segni particolari: Folta barba bianca (perfetta per nasconderci dentro cose)

Personalità: Simpatico… ma misterioso

Abitudini, comportamento e talenti speciali: Bravo a scacchi (bravo abbastanza da battere persino ME!)

APPUNTI DELLA DETECTIVE:

È difficile credere che una persona i cui hobby sono passeggiare e sedersi sulle panchine al parco abbia potuto guidare una rivolta contro il malvagio presidente della Russia!

È ancora più difficile credere che il presidente della Russia lo abbia AVVELENATO. Per fortuna, Kermit è sopravvissuto.

Ma che scalogna deve avere, per essere stato avvelenato DI NUOVO?!

Pensavo che Kermit fosse solo un simpatico anziano che amava giocare a scacchi e mangiare la torta, ma adesso salta fuori che aveva un sacco di segreti.

(Anche l'Arcanum ha un sacco di segreti.)

Non credevo di avere ancora granché da imparare, sugli scacchi, ma lui di certo due o tre cosette me le ha insegnate.

Spero solo che resti in vita ancora abbastanza perché io possa mostrargli quanto di preciso ho imparato...

Capitolo 12

«KERMIT È *MORTO*? NE È SICURA?» DOMANDAI.

Il suo annuncio mi aveva fatta sentire come se il pavimento fosse scomparso da sotto i miei piedi, e io stessi cadendo in un buco profondo e nero.

«Me l'ha detto un vicino, che l'ha sentito da Delores DeWitt» disse la donna riccia, asciugandosi le lacrime con una manica. «So che giocavate a scacchi insieme. Ti faccio le mie più sentite condoglianze... mi dispiace così tanto per te!»

Heck era arrivato in tempo per sentire quello che la signora aveva detto. Lei ci guardò entrambi e poi iniziò a indietreggiare.

«Sono sicura che siate molto occupati, quindi non vi porterò via altro tempo» disse. «E poi, devo dire anche agli altri amici di Kermit quanto sono triste. È tutto così terribilmente *tragico*!»

«Dobbiamo andare in ospedale» dissi a Heck non appena la porta si fu richiusa.

«Non dovremmo semplicemente aspettare il funerale?» chiese lui.

Ora piangevo anch'io. «Potrebbe non esserci proprio. Kermit non ha famiglia. Voglio dirgli addio finché ne ho ancora l'occasione».

Heck voleva andare in ospedale in bici, con il suo Onewheel, in scooter o con lo skateboard, ma io avevo già abbastanza preoccupazioni senza che lui si schiantasse di nuovo. Così mi assicurai che venisse a piedi con me.

Quando arrivammo, comprai un bouquet di fiori al negozietto lì sotto. Il fatto che Kermit non avrebbe potuto vederli né annusarli rischiò quasi di farmi piangere di nuovo.

«Oh, ciao Heck» disse la signora alla reception. «Di nuovo da queste parti?»

Heck è stato al Pronto Soccorso così tante volte come paziente, che dovrebbero dargli qualche premio fedeltà.

«Sta bene» intervenni io. «Siamo qui per dire addio al nostro vicino, Kermit Herascov... voglio dire, Hermanson».

Picchiettò sulla tastiera, corrugò lo sguardo davanti allo schermo, poi alzò gli occhi.

«Non penso andrà da nessuna parte, per il momento. Non ha ancora ripreso conoscenza».

Dapprima, pensai di aver sentito male. Le sue parole non avevano senso.

«Aspetti... vuol dire che è vivo?» domandai, confusa.

La receptionist sorrise. «Le condizioni non sono certo le migliori, ma è ancora presto per darsi per vinti».

All'improvviso, non mi sentii più come se stessi cadendo in un buco profondo e nero, ma come se una rete mi avesse salvato un momento prima che mi spiaccicassi sul fondo, rilanciandomi ancora verso l'alto.

«Possiamo vederlo?» chiesi speranzosa.

«Dovrete chiedere alla sua infermiera».

Heck e io corremmo verso l'ascensore, mentre mi domandavo perché mai Delores DeWitt avrebbe dovuto dire a qualcuno che Kermit era morto. Forse era stato un fraintendimento... o magari aveva solo espresso le sue speranze reali.

Al piano di Kermit, l'infermiera Rosamie sembrò sorpresa nel vedere Heck che camminava sulle sue stesse gambe.

«Che è successo questa volta?» gli domandò.

«Sta *benone*» le dissi io, scocciata che tutti quanti volessero aiutare mio fratello. «Siamo qui per vedere il nostro vicino, Kermit Hermanson».

«Be', quel vecchietto ci ha fatto prendere una bella strizza ieri, e per il momento non è del tutto fuori pericolo» disse l'infermiera Rosamie. «I suoi parametri vitali sono instabili e non ha ancora ripreso conoscenza». Ci condusse nella sua stanza. Kermit aveva una maschera dell'ossigeno in volto, una flebo al braccio, e talmente tanti cavi attaccati al corpo che pareva quasi una marionetta senza nessuno che muovesse i suoi fili. Solo il lento alzarsi e abbassarsi del petto e i bip dell'elettrocardiogramma confermavano che era ancora vivo.

«Hanno scoperto cosa gli è successo?» chiesi mentre appoggiavo i fiori sul davanzale.

L'infermiera Rosamie scosse la testa. «I dottori non vogliono dirmelo, ma li ho visti parlare con la polizia».

Osservai il viso gentile di Kermit e la sua barba aggrovigliata. Di certo non sembrava qualcuno che avrebbe potuto mettere paura a un dittatore.

«Avete una scacchiera in questo ospedale?» chiesi.

Heck alzò gli occhi al cielo. «Ma non pensi proprio ad altro, Minerva? Non mi va di giocare adesso… e lui di certo non può farlo».

«In effetti, abbiamo un armadio con i giochi, per far sì che i pazienti non si annoino» mi disse l'infermiera Rosamie.

«A proposito di giochi…» disse Heck, uscendo dalla stanza senza finire la frase.

Dopo che Rosamie mi ebbe consegnato la scatola, aprii la scacchiera sul tavolo accanto al letto di Kermit. Sistemai al loro posto tutti i pezzi e feci la prima mossa per il bianco.

Quando Kermit si fosse svegliato, volevo sapesse che ero stata lì.

Se si fosse svegliato.

Stavo giusto per andarmene, quando il detective Taylor apparve sulla soglia. Indossava lo stesso completo blu spiegazzato, ma la cravatta del giorno mi fece pensare a delle fragole che affogano in una poltiglia color lime.

«Che ci fai qui?» mi chiese sospettoso.

«Be', è amico mio» gli risposi. «E a quanto pare, ha un nemico potente che lo vuole morto».

Il detective Taylor socchiuse gli occhi. «Un nemico che dispone di tossine esotiche… potenzialmente somministrate tramite capsule a lento rilascio. Magari ne sai qualcosa?»

Capitolo 13

Il detective Taylor e io uscimmo nel corridoio. Sembrava di cattivo gusto parlare di tentati omicidi davanti a Kermit. Dall'altro lato della guardiola, Heck si era impadronito di una sedia a rotelle e stava cercando di farla impennare.

«Non sono *russa*, se è questo che sta insinuando» dissi al detective Taylor.

«E perché mai credi che io sospetti che tu sia russa?» domandò, come se non sapesse già di cosa stessi parlando.

«Be', non può ancora pensare che io abbia avvelenato Kermit, sarebbe ridicolo».

«Chi ha mai parlato di veleno?»

«*Lei* lo ha fatto».

La poker face del detective finalmente si sciolse, e

lui mi sembrò infastidito con se stesso nel realizzare che avevo ragione. Forse era umano, dopo tutto.

Avevo notato tre cose a proposito del detective Taylor. Primo, parlava per lo più tramite domande. Due, se io non rispondevo subito allora continuava ad aspettare, il che mi metteva più pressione per una risposta. Tre, faceva di tutto per non lasciarmi intuire cosa stava pensando.

Avrei buttato giù le mie osservazioni, ma non avevo un bloc notes.

Ah, ecco: quattro, lui aveva sempre con sé un bloc notes.

«Guardi, sappiamo entrambi che in realtà Kermit Hermanson è Kermit Herascov» dissi al detective Taylor. «E sappiamo anche entrambi che un certo cattivone in Russia lo vuole morto. Perciò non può davvero sospettare di me. Quello che mi chiedo è: come mai questo non è un caso per l'FBI?»

«Come fai a essere sicura che l'FBI non *sia* coinvolta?» chiese.

Arrivava persino a rispondere alle domande con altre domande!

Decisi di ripagarlo con la stessa moneta: «Be', *lo è*?»

Al capo opposto del corridoio, Heck stava acquistando velocità sulla sua sedia a rotelle. Sembrava che stesse cercando di svoltare l'angolo su una sola ruota.

«Minerva, pensi davvero che rivelerei un'informazione così importante a una potenziale sospettata di reato?» chiese il detective Taylor.

«Non ha risposto a nessun'altra domanda, perciò non vedo perché dovrebbe iniziare proprio adesso. Si esprime solo con le domande, no?»

Lo vidi *quasi* sorridere. «Che dici?»

«Dico che potrei aiutarla» gli dissi. «Dopotutto, vogliamo sapere entrambi la stessa cosa: chi ha provato a uccidere Kermit. Potrei diventare i suoi occhi e le sue orecchie all'Arcanum: la sua assistente detective. La gente mi parlerà, visto che sono solo una bambina».

Il detective Taylor si lisciò l'orribile cravatta. Picchiettò la penna sul suo bloc notes. Parve prendere in considerazione la mia offerta. O forse si stava solo chiedendo se io fossi ancora sospettata. Ma prima che potesse dire qualcosa, ci fu un botto in fondo al corridoio, seguito dal suono di padelle che cadono.

Indovina come faccio a sapere che suono fanno delle padelle che cadono…

«Non pensi che dovresti andare a controllare come sta tuo fratello?» chiese il detective Taylor.

«*Lei* pensa che dovrei andare a controllare come sta mio fratello?»

Poi sentii le grida di infermieri e medici e capii qual era la risposta.

«Ci pensi su!» gridai, mentre mi affrettavo verso la scena dell'ultimo incidente di Heck. «Magari potremmo risolvere questo caso assieme!»

Capitolo 14

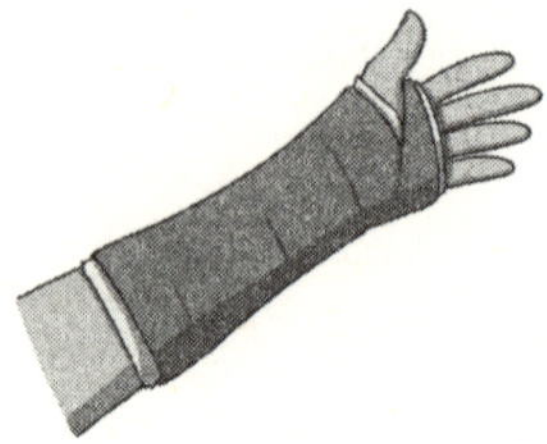

Heck e Bizzy si sedettero al mio fianco sul divano, mentre io aprivo il mio portatile e avviavo una videochiamata su Zoom. Quando risposero, vedemmo i miei genitori seduti in un bel giardino, con degli uccelli colorati che trillavano e svolazzavano tra gli alberi alle loro spalle.

Indossavano giacche leggere, perché per quanto a Chicago fossimo in un tiepido inizio autunno, a Melbourne era fredda primavera. In più, qui era giorno mentre lì era sera: quando sei sul lato opposto del mondo, tutto quanto è esattamente al contrario. Il loro lavoro li porta spesso lontani. Prima dell'Australia, avevano passato tre mesi a Vancouver, in Canada, e l'anno prossimo sarà la volta di Birmingham, in Inghilterra.

«Guardate qua!» disse Heck con fierezza, mostrando loro il gesso sul suo braccio sinistro. «Mi sono schiantato in ospedale su una sedia a rotelle».

«Hai fatto un incidente *dentro* all'ospedale?» chiese papà, che non suonava poi così sorpreso.

«Minerva giocava a scacchi con Kermit Hermanson, quel vecchio tipo del nostro palazzo, quando lui è crollato in avanti ed è praticamente morto» disse Bizzy. «Così sono andati a trovarlo».

«Per quanto dovrai tenere il gesso, Heck?» chiese mamma.

«Giusto un paio di settimane... è un tutore morbido, è solo una distorsione al polso» spiegò Heck.

«Non vi preoccupate per me» dissi io, domandandomi se mi sarei dovuta rompere entrambe le braccia per ottenere la loro attenzione. «Ho solo visto quasi morire un mio amico».

Mamma e papà sembravano desiderosi di poter cambiare argomento. Sono più a loro agio con le grandi idee che con le grandi emozioni.

«Kermit sta bene?» chiese finalmente mamma.

«No!» le dissi io. «È ancora privo di sensi. La polizia pensa che sia stato avvelenato, e io ho qualche idea su come siano andate le cose».

«Fammi indovinare: stai per dircelo» disse papà.

«Kermit sembrava in forma quando ci siamo incontrati in ascensore e abbiamo deciso di giocare» dissi, finché avevo ancora l'attenzione di tutti. «Poi ho fatto un salto all'Elegant Grind e ho portato via il mio caffelatte, oltre al tè e alla torta per Kermit. Lui è collassato subito dopo aver spazzolato la torta».

«Avresti dovuto farla preparare a *me*, la torta» disse Heck, infilandosi un dito sotto il tutore per grattarsi.

«A ogni modo, il suggerimento di Bizzy mi ha portata a scoprire che il vero nome di Kermit è Herascov e che lui è russo... e non un russo qualsiasi, ma uno che hanno già provato a mettere a tacere in passato» continuai. «Penso che ci fosse un sicario russo sotto copertura all'Elegant Grind, in attesa dell'occasione migliore per avvelenare il cibo di Kermit».

Papà sembrava scettico. «Ma se sei stata *tu* a fare l'ordine, come faceva a sapere che il cibo era per *lui*?»

Mi sforzai di ricordare se avessi detto a qualcuno, lì al caffè, che il tè e la torta erano per Kermit. Anche se non lo avessi fatto, era possibile che lo avessero spiato abbastanza a lungo da sapere che io ero la sua partner regolare di scacchi.

«Forse sapevano che Kermit beve quel particolare tipo di tè?» suggerì Bizzy, per aiutare.

«Ho l'impressione che qualcosa non quadri» disse papà, scuotendo la testa.

Mamma disse che dovevano prepararsi per un cocktail party, così chiusero la chiamata. Ce l'avevo con entrambi per non essersi interessati abbastanza, ed ero ancora più arrabbiata con papà per aver trovato delle falle nella mia teoria. Forse mi sbagliavo a proposito di qualche piccolo dettaglio, ma sapevo di avere ragione sul quadro generale.

Nessuno però mi credeva. Come potevo convincerli?

Capitolo 15

Stavo fissando con intensità il marciapiede, mentre mi trascinavo a casa dopo scuola quel martedì, quindi per poco non notai l'ambulanza parcheggiata di fronte all'Arcanum. Ma quando vidi le sue luci rosse lampeggiare sulla punta delle mie scarpe da ginnastica, alzai finalmente lo sguardo.

Oskar teneva aperto il portone per Big Joan e Little John, i soccorritori, che stavano facendo uscire una barella sul marciapiede. Non sembravano avere alcuna fretta, il che era strano, visto che sulla barella era disteso qualcuno.

Di colpo capii perché si muovevano così lentamente: il loro paziente era coperto da un lenzuolo.

Quel *qualcuno* era un *cadavere*.

Mi misi a correre, pensando: 'Ti prego, fa' che non sia...'

Fa' che non sia *chi*? Non sapevo come terminare la frase. Non volevo che fosse *nessuno*, ma soprattutto non volevo che fosse nessuno che io conoscevo.

L'ambulanza fece stridere le gomme e si allontanò rombando, prima che io fossi a metà dell'isolato: Big Joan doveva essere nel pieno degli allenamenti per sfondare in Formula Uno. E quando Oskar aprì il portone per farmi entrare, ansimavo così tanto da poter parlare solo a stento.

«Chi... era... quello?» gli chiesi.

«Serenity Meadows» mi disse triste Oskar. «Del 1102».

«È davvero...?»

Oskar annuì. «È collassata entrando in ascensore all'undicesimo piano. Quando è arrivato al piano terra, lei era già morta».

Mi ricordavo di chi era Serenity perché anche lei aveva un nome raro come il mio. Era bella, e completava sempre i suoi outfit da allenamento con fiori e cristalli. Giovane e dall'aria sana, era l'esatto opposto di Kermit.

Ma se era collassata all'improvviso come sembrava, forse c'era un qualche legame tra loro. Si era opposta anche lei al dittatore russo? Aveva anche lei cambiato nome? Aveva collaborato in segreto con Kermit, che viveva al piano sopra al suo?

Mi affrettai attraverso la lobby, superai l'atrio, e

aprii la porta dell'ufficio della manager. Delores DeWitt stava scrollando eBay, come se non fosse appena morto uno dei suoi condòmini.

«Devo vedere l'appartamento di Serenity Meadows» le dissi. «Credo di sapere chi è stato a ucciderla».

Delores emise un suono secco e raschiante, come se avesse avuto una foglia bloccata in gola. Penso che stesse cercando di ridere.

«E così, adesso sei una detective» disse, con la voce che grondava sarcasmo. «Cosa ti fa pensare che io sia disposta a farti entrare abusivamente in un'abitazione privata? E cosa ti fa pensare che ci sia stato un crimine, comunque?»

«Sono sicura che il detective Taylor la pensi così» ribadii.

«Allora vai a parlare con lui» disse Delores. «Ma non chiedermi una lettera di referenze... sarei costretta a mostrargli il mio archivio».

Estrasse una grossa cartella da uno scaffale lì vicino, la posò sulla scrivania e l'accarezzò come se si aspettasse che iniziasse a miagolare. Era etichettata come BIMBI BRAVI e io sapevo cosa conteneva: copie di tutti i rapporti che mandava ai nostri genitori ogni volta che ci beccava a fare qualcosa che non le piaceva. Il più lungo (dieci pagine) riguardava un banale incidente. Qualcuno si era messo a rubare il nostro giornale ogni mattina, e quello che facemmo fu semplicemente nasconderci sotto una bomba di colla e brillantini per coglierlo sul fatto. Purtroppo, un addetto alle pulizie lo urtò con la scopa, e sia l'addetto sia l'atrio finirono coperti di brillantini, che per una settimana non se ne vollero andare.

Delores odia i bambini. Ma sembra odiare in particolar modo me e Heck.

«Non si preoccupi» le dissi, preparandomi a sbattere la porta mentre uscivo. «Non le chiederei una lettera di raccomandazione nemmeno se ne andasse della mia stessa vita».

Poi mi ricordai che avevo una domanda.

«Perché ha messo in giro la voce che Kermit fosse morto?» chiesi.

Delores si strinse nelle spalle e sistemò il raccoglitore nel cassetto. «Ho solo detto che *pareva* fosse morto stecchito. Lo sai come si diffondono le voci».

Sbattei la porta, pensando: 'Spero che LEI caschi stecchita!'

In ascensore, fissai i pulsanti per un minuto buono. Poi, invece di premere sul 2, schiacciai l'11. Vidi il pavimento dell'atrio rimpicciolire sempre più sotto di me, mentre l'ascensore si arrampicava fin quasi alla cima del palazzo. Era sempre stato così rumoroso? Quel vecchio aggeggio di metallo pareva davvero implorare un po' di olio, mentre cigolava e strideva nella sua salita.

Pensai che stesse per uscirmi un singhiozzo, ma no, era un rutto nervoso... una sorta di singhio-rutto. Ficcare il naso nell'appartamento di Serenity sembrava una pazzia, ma se potevo trovare qualsiasi cosa che la collegasse a Kermit, sapevo che avrei potuto aiutare il detective Taylor a risolvere il caso.

All'undicesimo piano, camminai in punta di piedi lungo la balconata, tenendomi vicina al muro in modo che le persone dai piani inferiori non potessero vedermi. Appoggiai l'orecchio alla porta del 1102 e ascoltai. Dentro c'era un silenzio assoluto.

La maniglia si mosse, ma la porta non si aprì. Il catenaccio era serrato.

Alzai lo sguardo. Tutti gli appartamenti del condominio hanno dei vasistas in alto: piccole finestrelle rettangolari sopra le porte d'ingresso che talvolta i proprietari lasciano aperte per cambiare l'aria. Ma quella di Serenity era chiusa.

Tornai indietro verso l'ascensore. C'era ancora un'ultima cosa che potevo tentare.

Arrivata al secondo piano, attraversai il nostro appartamento, uscii dalla porta sul retro e superai lo scivolo dei rifiuti fino alla scala antincendio. Spesso la gente non chiude a chiave la porta sul retro, visto che le scale sono all'interno dell'edificio e in fondo c'è una porta di sicurezza.

Nove piani di scale erano molto di più di quello che sono abituata a salire. Quando fui di nuovo all'undicesimo piano ero esausta, sudata e col respiro affannoso di un carlino.

La porta sul retro di Serenity non era chiusa. Le diedi una spinta e quella si aprì silenziosa.

Ma il mio rutto nervoso non fu esattamente *silenzioso*: riecheggiò nel piccolo ingresso come il verso di una rana bue spaventata.

Era il momento di dare inizio alla mia indagine. Con un respiro profondo, aprii la porta interna e la superai.

Mi trovavo nella cucina di Serenity, il che non era sorprendente. La cosa *sorprendente* fu scoprire che c'era anche il detective Taylor. Indossava guanti di lattice azzurri e sembrava che fino a quel momento si fosse dedicato a estrarre cibo dalla credenza.

Solo che adesso mi stava fissando.

Feci un altro rutto (uno lungo e basso, di quelli che brontolano) e il detective Taylor arricciò il naso.

«Non è come sembra...» iniziai.

DOSSIER

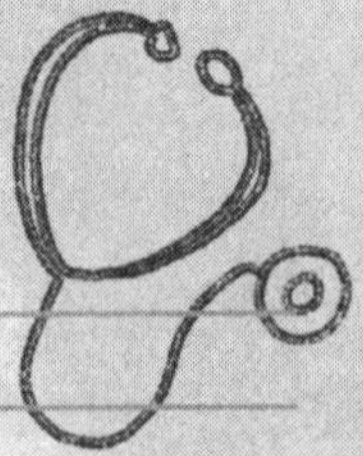

Nome: 'Big Joan' Jonker & 'Little John' Jonker
Occupazione: Soccorritori del 118
Relazione con il caso: Ogni volta che qualcuno viene avvelenato, sono i primi sulla scena del crimine!
Capelli: Rosso fiammante (Joan), biondo ramato (John)
Occhi: Attenti, sempre fissi sulla strada!
Età: La stessa, visto che sono fratelli gemelli. Forse 30?
Segni particolari: Tatuaggio di un teschio (Joan), tatuaggio di un orsacchiotto (John). Joan è piccola, come un'elfa, mentre John è gigante, come un… gigante. Non ho idea di chi sia stato il genio che ha coniato quei soprannomi.
Carattere: Fin troppo gentile. (Considerato che devono avere a che fare con brutti incidenti tutto il giorno.)

Abitudini, comportamento e talenti speciali:
Little John è piuttosto lento, ma Big Joan compensa abbondantemente. Se guidasse una macchina da corsa invece di un'ambulanza, vincerebbe un trofeo dietro l'altro!

APPUNTI DELLA DETECTIVE:
Se io avessi una famiglia NORMALE, non avrei mai conosciuto Big Joan e Little John. Ma come fratello ho Hector 'Heck' Keen, che non ha ancora trovato un incidente in cui non riesca a finire coinvolto.

Fin da quando aveva due anni (epoca in cui è riuscito a incastrare tutte e venti le dita nel cancelletto per neonati), Heck si è dedicato ad accumulare punti fedeltà all'ospedale. Big Joan e Little John sono stati i suoi autisti per ogni singolo incidente.

Per fortuna, non si sono mai lamentati. (I miei genitori, a dirla tutta, mandano loro dei regali per il compleanno.) Sinceramente penso che amino aiutare le persone... persino gli scavezzacollo come Heck!

Capitolo 16

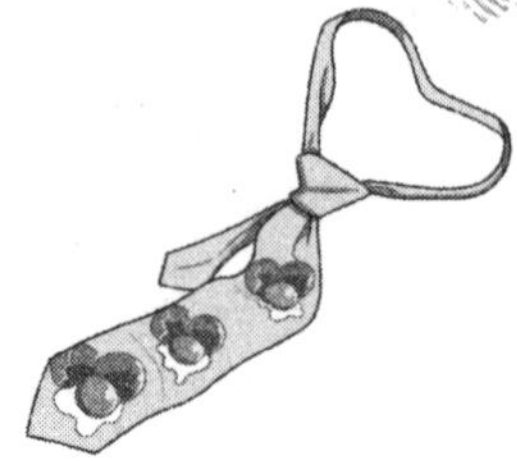

Il detective Taylor appoggiò un pacco di farina sul piano cucina e incrociò le braccia.

«Minerva, lo sai come la chiamiamo una persona che compare in due diverse scene del crimine all'apparenza scollegate tra loro?» chiese.

«Una sospettata» tirai a indovinare io.

«Esatto» disse lui.

«Bene, e lei lo sa chi altri compare in due diverse scene del crimine all'apparenza scollegate tra loro?» risposi. «Una detective».

«È questo che pensi di essere?» chiese.

Mi guardai intorno mentre riflettevo. C'erano farina, zucchero e lievito in polvere sul bancone, tre ingredienti chiave per cucinare una torta. L'ultima cravatta del detective Taylor aveva un motivo a uova rotte: ormai tutto quello che gli mancava erano solo burro e latte.

«Sì, ero con Kermit quando è collassato, il che è stata una coincidenza» risposi. «Ma non sono stata in casa tutto il giorno. Quando è collassata Serenity, ero ancora a scuola. Può parlare coi miei insegnanti se le serve un alibi».

Il detective Taylor sospirò. «E che cosa speravi di ottenere, di preciso, facendo irruzione in questo appartamento attraverso la porta sul retro?»

«Di aiutarla a risolvere il caso! Se scopriamo in che modo Serenity era legata a Kermit, possiamo provare che gli attacchi contro le loro vite sono stati ordinati dal leader della Federazione Russa».

Il detective Taylor sollevò lo sguardo su tutti gli armadietti che doveva ancora passare in rassegna. Sembrava scocciato, come se fosse stufo di parlare e volesse solo tornare al lavoro.

«E se non ci fosse alcun legame?» domandò. «Se fossero due attacchi del tutto scollegati?»

«Ma *devono* essere collegati» insistei.

Sospirò e si sistemò i guanti. «Se vuoi essere una detective, inizia a tenere la mente aperta. Fai in modo che siano i fatti a portarti alla conclusione, e non il contrario. Adesso è meglio che tu vada».

Mi avviai verso la porta principale, dato che non volevo farmi di nuovo tutte quelle scale, neppure a scendere. Una squadra della Scientifica arrivò proprio mentre stavo per uscire. Le due donne e l'uomo che la componevano alzarono tutte e sei le sopracciglia quando mi videro, ma io mi strinsi nelle spalle. Non mi andava di spiegare perché il detective Taylor mi avesse congedata... e neppure far loro capire cosa avrei fatto adesso.

Aspettai che tornassero in cucina, quindi aprii dall'interno la finestrella sopra la porta usando la lunga asta d'ottone che stava lì accanto. Uscii e mi richiusi la porta alle spalle.

Per qualche istante non sentii nulla, poi il detective Taylor e la sua squadra si avvicinarono e le loro voci mi arrivarono attraverso la finestrella.

«Portate tutti quegli ingredienti in laboratorio per i test, e fate presto» disse il detective Taylor.

«Ci penso io» disse una delle donne. «Crede che ci sia un collegamento col vecchio?»

«Ce lo dirà l'autopsia» rispose Taylor. «Ma dubito seriamente che troveremo la stessa tossina esotica in entrambe le vittime».

«Già, quante possibilità ci sarebbero?» disse l'uomo.

«Dobbiamo scoprire chi l'ha vista per ultimo» disse Taylor.

«Il portinaio mi ha detto che aveva diversi ragazzi» suggerì l'altra donna.

Ragazzi? pensai. Erano proprio fuori strada. Se

anche uno dei ragazzi di Serenity l'avesse avvelenata, perché avrebbe dovuto attaccare pure Kermit?

Dovevo scoprire come fossero collegati... e in fretta.

Quando sentii la maniglia girare dietro di me, fui colta del tutto alla sprovvista. Mi tuffai in un angolo proprio mentre il detective Taylor usciva sulla balconata.

«Perlustrate l'appartamento da cima a fondo» disse alla sua squadra. «Torno alla centrale per fare qualche telefonata».

Trattenni il fiato finché non se ne fu andato.

Capitolo 17

Quando tornai al nostro appartamento, Heck si stava preparando uno spuntino post-scuola: dei noodles fatti in casa con fettine di maiale arrosto e un uovo di quaglia delle dimensioni di una pallina dei cereali. I suoi amici avevano firmato il gesso, ma le loro firme erano già sbavate per il brodo del ramen.

Dopo aver calciato via le scarpe, afferrai un pugno di salatini e mi sedetti al tavolo della sala da pranzo, dove aprii il portatile per fare qualche ricerca su Serenity Meadows.

C'erano due risultati, a quanto pareva. Il primo era un cimitero nella periferia di Tampa, in Florida.

Il secondo era la donna che viveva nel mio condominio.

Era dura pensare che il prossimo indirizzo di Serenity sarebbe stato segnalato da una lapide. Sembrava così vitale nelle foto che postava su Instagram: posizioni di yoga, allenamenti in palestra, partite di pallavolo sulla spiaggia sulla North Avenue, e *un sacco* di outfit diversi.

E faceva anche tantissimi selfie, con dei tipi che sembravano decisamente felici di essere con lei. Forse anche a loro piaceva fare shopping.

Eppure, ero ancora convinta che il detective Taylor e la sua squadra stessero perdendo tempo con i ragazzi di Serenity.

Heck si sedette a fianco a me e iniziò a leggere da sopra la mia spalla mentre ingurgitava i suoi noodles, schizzandomi nel frattempo il braccio. Per vendicami, gli soffiai in faccia le briciole dei salatini che erano finiti sulla tastiera.

«Oskar mi ha raccontato quello che è successo» disse.

«Stavo solo cercando di capire come Serenity fosse collegata a Kermit» gli dissi io.

«Come fai a sapere che sono collegati?»

«*Devono* esserlo. È già molto raro che capiti un solo avvelenamento. Quanto è improbabile che due persone che vivono nello stesso condominio vengano avvelenate per due motivi diversi?»

Cliccai sul sito web di Serenity Now, che era una 'palestra olistica' vicina al nostro palazzo. La pagina

'Su di noi' la indicava come fondatrice e proprietaria, e aveva anche una sua breve bio. Diceva che era nata e cresciuta a Normal, in Illinois, prima di studiare medicina sportiva all'Università dell'Illinois. A parte la sua fede nel potere curativo dei cristalli (che, se lo chiedi a me, sono magici quanto dei comunissimi sassi), sembrava *normale* come il posto in cui era cresciuta.

«Di certo non ha la faccia di un nemico della Federazione Russa» disse Heck, ancora appollaiato alle mie spalle.

«Neppure Kermit ce l'ha» gli ricordai, mentre tentavo di allontanarlo.

Dovevo ammettere però che forse aveva ragione. La storia della vita di Serenity era ovunque, in rete, e ovviamente lei non aveva mai cambiato nome. Non c'era neppure alcuna indicazione che lei sapesse qualcosa della Russia, figuriamoci avere un'opinione sul suo dispotico leader.

Perciò, a meno che il presidente della Federazione Russa non fosse un suo ex molto rancoroso, non c'era alcuna ragione per cui avrebbe dovuto prenderla di mira.

«Se non è collegata né a Kermit né alla Russia, può voler dire solo due cose» dissi, riflettendo ad alta voce. «O ci sono due assassini con due diversi moventi, ed entrambi usano il veleno... oppure c'è un solo assassino che ha un solo movente per uccidere due persone molto diverse tra loro».

Heck risucchiò un noodle come un formichiere che ritrae la lingua, scagliando qualche altra goccia di brodo sul mio schermo.

«Se c'è un solo assassino, è probabile che viva nel nostro palazzo, vicino alle due scene del crimine» disse.

Aveva ragione. E siccome non conoscevamo il movente, non avevamo modo di sapere se fossero in programma altri omicidi... né chi sarebbe stato il prossimo. E se qualcuno nel condominio avesse avuto qualcosa contro Bizzy... o Heck... o me?

Chiudendo il portatile, spinsi indietro la sedia e infilai le scarpe da ginnastica.

«Dove stai andando?» chiese Heck.

«Alla centrale della polizia» dissi. «Voglio parlare con il detective Taylor».

Heck sgranò gli occhi. «Speriamo che non decida di metterti dentro, già che sei lì!»

DOSSIER

Nome: Serenity Meadows
Occupazione: Imprenditrice del fitness
Relazione con il caso: Seconda vittima di avvelenamento
Capelli: Castani, in genere raccolti in una coda con uno scrunchie
Occhi: Truccati (ma stupendi!)
Età: Chi lo sa? Tiro a indovinare: ventisei.
Segni particolari: Si allenava con addosso i gioielli e il trucco. Era molto in forma, ma non sudava mai.
Personalità: Piaceva a tutti, soprattutto ai ragazzi.
Abitudini, comportamento e talenti speciali:
Amava lo shopping, e i ragazzi, e fare shopping coi ragazzi. (O shopping PER i ragazzi???)

COMPRA UNO SCRUNCHIE!

APPUNTI DELLA DETECTIVE:

Per quanto Serenity Meadows, la patita del fitness, fosse un'imprenditrice di successo che aveva dato vita al suo business personale, era anche pazza: c'è poco da fare.

Pensava che le rocce avessero poteri magici e che la gente emettesse vibrazioni positive o negative. Credeva pure nell'astrologia: che le stelle e i pianeti possano predire cosa accadrà in futuro. Ma di certo non aveva previsto questo!

Secondo il suo sito, credeva PERSINO nella reincarnazione, cioè che le anime possano rinascere in corpi diversi. Io credo alla scienza, e non a quella robaccia New Age, ma per il suo bene spero che avesse ragione...

Capitolo 18

«COSA POSSO FARE PER TE, MINERVA?» CHIESE IL detective Taylor.

«Speravo che potessimo parlare in ufficio» gli dissi.

C'erano una dozzina di altre persone in attesa alla centrale della polizia, e non volevo che qualcuno di loro sentisse quello che stavo per dirgli. L'avvelenatore sarebbe potuto essere ovunque.

Il detective Taylor sospirò e usò un pass elettronico per sbloccare la porta dietro di lui. Mi fece cenno di seguirlo.

Saltò fuori che il suo 'ufficio' era uno dei tanti tavoli disposti in un grande open space. Alcuni altri detective stavano lavorando a poca distanza. Un uomo dall'aria afflitta con addosso uno smoking, ammanettato alla sedia, ci osservò mentre attraversavamo la stanza.

«Ignora quel tipo in ghingheri» disse il detective Taylor.

«Che cosa ha fatto?» domandai.

«È Amazing Andy. Si spaccia per un prestigiatore alle feste dei bambini, ma l'unica cosa che fa sparire davvero sono i loro regali di compleanno».

Al momento, Amazing Andy sembrava desideroso di far sparire se stesso.

Non appena mi accomodai di fronte al detective Taylor, chiesi: «Avete ricevuto gli esiti dei test in laboratorio sul veleno?»

«In genere ci vogliono alcuni giorni» mi disse. Indossava ancora la cravatta con il motivo di uova rotte... solo che adesso sembrava ci fossero finite sopra delle uova vere. Forse aveva anche lui mangiato la colazione a cena, indaffarato com'era con il caso.

«So di aver sbagliato» ammisi. «Kermit e Serenity non possono essere stati avvelenati da agenti russi, perché Serenity non ha alcun legame con la Russia. Il che rende il caso molto più difficile».

«Poco ma sicuro» concordò il detective Taylor.

«Ma sono ancora convinta che l'assassino sia uno solo, per quanto possa avere moventi diversi in base alla vittima» continuai. «Quante probabilità ci sono che due persone nello stesso edificio vengano entrambe avvelenate da due killer *diversi*?»

«Le probabilità sono alquanto scarse» ammise.

«Se si tratta di una sola persona, però, come può avere rancore *sia* contro un vecchio giocatore di scacchi, *sia* contro una giovane fanatica del fitness?»

«Ecco la domanda da un milione di dollari» disse il detective Taylor.

«Il motivo per cui non mi sta dicendo nulla è che mi considera ancora una sospettata?»

Adesso ero *io* che suonavo proprio come una detective: parlavo solo tramite domande.

Scosse il capo. «Anche ammettendo che una ragazzina di dodici anni abbia avvelenato due persone, non credo che scoccerebbe tanto la polizia per risolvere il caso. E poi, il tuo alibi regge».

Fu un bel sollievo. Ma non mi piacque essere definita una scocciatrice.

Dietro al detective Taylor, Amazing Andy infilò la sua mano libera all'interno della giacca e ne estrasse un portafogli di pelle nera. Con un sorriso studiato, lo aprì rivelando un distintivo della polizia.

«Credo che Amazing Andy abbia rubato il distintivo a qualcuno» mormorai.

Prima che il detective Taylor potesse voltarsi, il portafogli era già sparito. Attraversò la stanza e rivoltò tutte le tasche del mago, tirandone fuori un mazzo di fiori, una fune di fazzolettini di seta, un topolino bianco spaventato... e finalmente il distintivo scippato.

Amazing Andy mi fece l'occhiolino.

«Grazie per averlo beccato» disse il detective Taylor con tono burbero, mentre si rimetteva a posto il distintivo e tornava a sedersi. «Senti, il motivo per cui non ti sto dicendo nulla non è che sei una sospettata. È che sei una civile».

«E una normale civile avrebbe scoperto tutto quello che ho scoperto io?» domandai.

Il detective Taylor controllò l'orologio... forse voleva essere sicuro che fosse ancora lì. «Sei molto sveglia, Minerva, ma non significa che tu sia più veloce di noi».

«Forse aiuterebbe se io avessi un taccuino come il suo, così potrei prendere appunti. Mi saprebbe dire dove posso trovarne uno?»

Aprì un cassetto dietro la scrivania e iniziò a rovistarci dentro. Mentre teneva la testa giù, notai un appunto sul blocchetto di post-it di fianco al telefono. Leggere una brutta scrittura sottosopra non fu facile, ma avevo appena finito di decifrarla quando lui chiuse il cassetto e alzò di nuovo la testa.

Cercai di restare impassibile mentre il detective Taylor faceva scivolare un taccuino tascabile lungo il tavolo e poi mi consegnava un biglietto da visita.

«Il mio numero di cellulare è sul retro» disse. «Se davvero vuoi dimostrare di essere tagliata per il mestiere di detective, Minerva, portami qualcosa che io non sappia già».

Il taccuino non era certo un distintivo, ma in un certo senso mi sentii come se mi avesse appena nominato sua vice.

«Non se ne pentirà» promisi.

Mi sentivo così fiera che pensai che il mio cuore potesse esplodere. O la mia testa… o entrambi. Il che sarebbe stato un disastro, perché a quel punto non avrei potuto scoprire nulla. Ma mi stavo già mettendo in pari con le sue indagini. Ecco cosa aveva scribacchiato: *I veleni di Hermanson e di Meadows sono gli STESSI!!!*

Capitolo 19

Quando lasciai la centrale, fuori era buio. Non ero molto pratica di quella zona, così mi incamminai verso casa sulla strada più illuminata e battuta, guardandomi dietro le spalle di quando in quando. In certe parti di Chicago, finire avvelenato è l'ultimo dei tuoi problemi.

Mi sarei dovuta sentire meglio quando raggiunsi il mio quartiere, ma la mente mi giocava brutti scherzi, e non riuscivo a smettere di immaginare il corpo senza vita di Serenity sotto il lenzuolo della barella. Dato che l'ospedale era ad appena un isolato, decisi di farci un salto per assicurarmi che Kermit fosse stabile. Ma sapevo che non amano le visite notturne. Perciò, invece di passare dalla reception, la superai come se avessi urgenza di andare da qualche parte.

Gli occhi di Kermit erano ancora chiusi, e a dirla

tutta era connesso a un numero di tubi e cavi ancora più alto di prima. C'era un computer su un carrello, vicino al suo letto. Nella speranza di leggere la diagnosi del medico, cliccai sulla barra spaziatrice per riattivarlo.

INSERIRE USER ID E PASSWORD, ordinò quell'affare.

Probabilmente avrei potuto indovinare lo user ID partendo dal nome di un infermiere. Ma sarei stata capace di indovinare la password?

«Non si gioca con i computer dell'ospedale» disse una voce dietro di me.

Dopo che fui atterrata (ero così sorpresa che ero saltata in aria), mi voltai e vidi l'infermiera Rosamie.

«Non stavo giocando» replicai.

«L'orario delle visite è comunque terminato» disse con un sorriso stanco.

«Kermit è migliorato, almeno un pochino?» chiedi speranzosa.

L'infermiera Rosamie attraversò la stanza fino al suo letto.

«La buona notizia è che il battito cardiaco è stabile. Quella cattiva è che ancora non lo abbiamo visto riprendere conoscenza. Se non apre gli occhi alla svelta, potrebbe non svegliarsi più».

La osservai mentre esaminava i collegamenti di cavi e tubi, controllava i livelli di fluidi, e studiava le linee ondulate e le luci lampeggianti sul monitor. Sembrava quasi che lei fosse una meccanica e lui la sua macchina... almeno finché non gli alzò gentilmente la testa per sprimacciare il cuscino.

Kermit sembrava così indifeso che di colpo temetti che l'assassino potesse tentare di entrare in ospedale di notte per concludere il lavoro.

«Non è venuto nessun altro a trovarlo?» domandai.

L'infermiera Rosamie scosse la testa. «A quanto vedo, questo vecchio è solo al mondo».

«Ha me» le ricordai.

«Allora è fortunato» disse, sorridendo di nuovo. «Devo finire i miei giri. E tu dovresti tornare a casa. Si sta facendo tardi».

«Un minuto e me ne vado» promisi.

Dopo che fu uscita, mi sedetti su un lato del letto e strinsi la mano di Kermit. Era fredda, ossuta e sembrava avere un bisogno disperato di crema idratante. Ma riuscivo a sentire il debole pulsare del sangue sotto la pelle.

«Tieni duro, Kermit» gli dissi.

Quando mi alzai per andarmene, diedi un'occhiata alla scacchiera che avevo allestito in occasione della mia ultima visita. Dapprima non mi accorsi di alcun cambiamento. Poi lo vidi.

Un pedone nero era stato spinto in avanti per bloccare il mio pedone bianco.

Sentii il sorriso che si faceva strada con forza sul mio viso, mentre il calore si diffondeva per tutto il mio corpo.

Kermit aveva risposto alla mia apertura!

Capitolo 20

MERCOLEDÌ, MENTRE ANDAVO A SCUOLA, MI PAREVA quasi di volare. Se Kermit si era svegliato e si era sentito abbastanza in forze da fare la sua mossa, dovevano esserci concrete possibilità che si riprendesse.

E c'era un'altra sorpresa che mi aspettava, quando entrai nell'aula di matematica: Santos il Silente.

Non sapevo neppure che *seguisse* il mio corso di matematica

Ma dopotutto, io mi siedo sempre proprio davanti alla prof, mentre lui se ne stava indietro, nell'ultima fila dell'aula.

È così silenzioso che immagino di non averlo mai notato prima. Gli feci un cenno di saluto prima di sedermi. Lui non mi rispose.

Suonò la campanella, e la professoressa Binomia ci sorrise come se fosse in procinto di regalare fette di pizza a tutti quanti. Brutte notizie in arrivo, senza dubbio. È dolce come una nonna, ma quando assegna i compiti sembra quasi convinta di stare distribuendo della torta fatta in casa.

«Stamattina, vedremo quanto voi tutti avete imparato in queste prime settimane di scuola» annunciò.

Quando tirò fuori la pila dei test, tutti quanti gemettero... tutti, tranne me e Santos. I test non mi spaventano. E Santos non parla, quindi perché dovrebbe gemere?

La professoressa Binomia appoggiò un test sul mio banco per primo, mentre iniziava a percorrere l'intera aula.

«Avete trenta minuti per completarlo» disse. «Potreste non essere in grado di finirlo tutto, perché le domande sono parecchie. Ma fate del vostro meglio».

Diedi una scorsa al test. Era composto di tre pagine, due delle quali erano scritte su entrambi i lati. Cinquanta domande! Questa sì che sarebbe stata una sfida, persino per me. Presto l'unico suono fu quello di ventisette matite che grattavano sui fogli.

Anzi: ventisei.

Dopo cinque minuti dall'inizio del test, sentii dei passi sul fondo dell'aula. Allungai il collo e vidi Santos che se ne stava alla finestra. Osservava qualcosa là fuori.

«Occhi in avanti, Minerva» disse la professoressa Binomia dalla cattedra. «E Santos, quando sei pronto, ritorna al tuo banco per favore».

Diciamo solo che Santos non sembrava esattamente avere fretta. Qualche minuto dopo, si incamminò con calma verso il banco.

'Sarà meglio che tu ti metta al lavoro, Santos' pensai.

Le domande erano più difficili del solito. La nostra prof poteva anche sostenere che si trattava solo di un ripasso, ma io ero piuttosto sicura che alcuni di quegli argomenti non li avessimo neppure mai affrontati. Per me non erano difficili (non dimentichiamo che mio padre sa tutto quello che si può sapere sui numeri immaginari), ma non potevo neppure prenderli sottogamba, per così dire.

Al dodicesimo minuto, sentii un suono di carta stropicciata e poi un *KA-THUN!* Santos era di nuovo in movimento. Stavolta se ne stava in fondo alla classe, intento a fare canestro nel cestino.

«Santos, per favore, non distrarre gli altri» disse la professoressa Binomia con tono gentile.

Lui si strinse nelle spalle e si risedette.

Al sedicesimo minuto, sentii una matita che rotolava lentamente giù dal banco e cadeva a terra. Santos avanzò fino alla parte davanti dell'aula e lasciò cadere il suo test sulla cattedra.

Non gli interessa neppure provare a finirlo!

Santos non guardò in basso, mentre superava il mio banco diretto verso il suo.

Scossi la testa e tornai al lavoro. Dovevo concentrarmi sul mio test, se volevo finirlo tutto senza errori.

Al diciottesimo minuto, la professoressa Binomia si schiarì la voce e alzò lo sguardo. Aveva appena finito di correggere il test di Santos.

«Cento su cento come sempre, Santos!» esclamò. «Davvero un ottimo lavoro. Spero che anche voialtri siate ispirati dal fulgido esempio del signor Salgado».

Un momento... che cosa?

Tutti quanti si voltarono a fissare Santos, sorpresi, ma lui sostenne gli sguardi finché quelli non cessarono.

Mi affrettai a finire il test. Questa nuova scoperta non aveva alcun senso. Santos era forte e silenzioso... *ma era anche intelligente?*

Fui la seconda dopo di lui a consegnare. Dopo venticinque minuti dall'inizio, portai il test alla professoressa Binomia e la guardai mentre lo correggeva.

«Eccellente, Minerva» disse quando ebbe terminato. «Ne hai sbagliata solo una!»

Una?

Perciò Santos il Silente era ancora più intelligente di me?

Capitolo 21

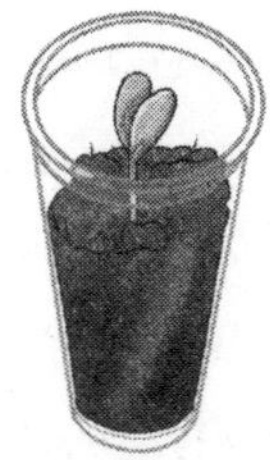

Quando vidi Santos che camminava in corridoio, dopo pranzo, non ci pensai due volte a rincorrerlo e dargli un colpetto sulla spalla. Ma non mi sarei mai aspettata che lui fosse così sorpreso da far cadere a terra quello che stava trasportando.

Purtroppo, quello che stava trasportando era un grosso vassoio pieno di germogli di fagioli, piantati all'interno di una serie di bicchierini di carta. Quando lo fece cadere, i bicchieri esplosero come bombe sporche, mentre il vassoio scivolava lungo il pavimento.

I bambini attorno a noi sussultarono e si allontanarono.

Probabilmente si aspettavano di vedere Santos il Silente sollevarmi in aria per un piede e piantarmi a testa in giù in un cestino dell'immondizia.

Prima che potesse attaccarmi mollai lo zaino, mi

accucciai al suolo e iniziai a raccogliere il terriccio con le mani.

«Scusami!» gli dissi. «Non volevo spaventarti».

Santos il Silente si inginocchiò di fianco a me. «Li stavo portando in biblioteca in modo che prendessero più luce».

Se ero stata sorpresa di essere ancora viva, fui ancora più sorpresa da quella cascata di parole. Volevo prenderlo in giro e dirgli di fare silenzio... ma decisi che probabilmente non era la migliore delle idee.

Insieme, raccogliemmo il terriccio e le piantine verde brillante e le rimettemmo a posto nei bicchierini di carta cerata, mentre gli altri studenti un po' alla volta si allontanavano. Alcuni di loro avevano l'aria delusa per non avermi vista infilata in un bidone della spazzatura.

Ricordando il modo in cui Santos il Silente era saltato per aria quando avevo battuto le mani alla Giornata dei Club, mi domandai se fosse sempre così teso perché aveva dovuto scontrarsi con troppe persone.

«Bel colpo, con il test di matematica» dissi. «Anche io lo faccio tutto senza errori, in genere. Allora, in quale club sei entrato alla fine?»

«Nessuno» disse lui.

«Be', ma quale pensavi che fosse quando sei entrato nella mia aula?» insistei.

«Il Club dei Videogiochi».

«E alla fine non ti sei unito neppure a quello?»

Santos il Silente si strinse nelle spalle.

Finalmente, avevamo rimesso a posto anche l'ultimo germoglio di fagiolo. E se tutto andava bene, ne avevamo salvata la maggior parte.

«Il Club del Dibattito non ha ancora nessun membro, nel caso in cui te lo stessi chiedendo» lo informai mentre ci rialzavamo.

Lui annuì come se la notizia non gli desse grande stupore. Mentre si voltava e si avviava verso la biblioteca con in mano il suo vassoio, di colpo mi venne un'idea.

«Motivo per cui adesso non è più un Club del Dibattito» gli gridai dietro. «Ho appena cambiato il nome. D'ora in poi si chiamerà Club dei Detective. Perché ho tra le mani un mistero vero e proprio da risolvere, e anche straordinariamente complicato!»

Santos il Silente si fermò a metà del corridoio e si girò lentamente verso di me. Per la prima volta, sembrava davvero interessato.

«Che genere di mistero?» domandò.

Capitolo 22

DOPO CHE AVEVO RACCONTATO A SANTOS IL SILENTE di come Kermit e Serenity erano stati entrambi avvelenati con una tossina esotica, e di come nessuno avesse idea del movente, lui aveva acconsentito a unirsi al Club dei Detective e a incontrarmi dopo la scuola.

Adesso, mentre camminavamo verso l'Arcanum per proseguire con le indagini, gli spiegai quali sarebbero stati i nostri compiti.

«Io sarò l'investigatrice in capo, visto che ho già seguito buona parte dell'indagine» gli dissi, lasciando fuori il detective Taylor per il momento. «Quanto a te, sarai responsabile della sicurezza. Nel caso tu non l'abbia già capito, con un killer a piede libero, questo caso potrebbe rivelarsi pericoloso».

Santos il Silente non disse nulla, il che non era certo inusuale, ma il *modo* in cui non disse nulla mi fece drizzare le antenne. Stavo diventando brava a leggere il suo linguaggio del corpo.

«C'è qualche problema a riguardo?» chiesi.

Lui annuì.

Stavo già per chiedere quale fosse, ma di colpo mi ricordai di una cosa. Quando il detective Taylor faceva domande, lasciava che il silenzio montasse finché l'altra persona non si sentiva come *obbligata* a dire qualcosa. Era un ottimo modo di ottenere risposte.

Certo, Santos il Silente non era una persona qualunque, dato che era già abituato a lasciare che fossero gli altri a parlare. Ma quando chiusi la bocca e gli feci assaggiare il suono del silenzio, mi accorsi che stavolta era lui a cercare le parole giuste.

Alla fine, due isolati più avanti, capitolò.

«Ho l'ansia» disse.

«Che cosa significa?» chiesi.

«Be', un sacco di cose mi rendono ansioso. Parlare, la maggior parte delle volte, ma pure conoscere persone e visitare posti nuovi. Odio i suoni troppo forti. E ho anche paura del buio».

«Cosa succede quando ti viene l'ansia?»

«Il mio cuore batte molto veloce, mi vengono le vertigini e non riesco a decidere cosa fare. In genere mi blocco soltanto, ma certe volte svengo».

Ci fermammo a un semaforo rosso, dall'altra parte

della strada rispetto al mio isolato. Mentre aspettavamo, squadrai Santos. Era così alto e grosso che dovetti fare due passi indietro per poterlo vedere per intero.

«Dev'essere dura farsi degli amici, quando tutti hanno paura di te» dissi.

«Non potrei mai fare male a qualcuno» replicò, con aria preoccupata. «E se in questo caso c'è qualcosa di spaventoso, penso che dovrai occupartene tu. Questo vuol dire che non posso far parte del Club dei Detective?»

Gli dissi di non preoccuparsi. Ma adesso avevo un altro mistero da risolvere. Se Santos intendeva essere solo il mio aiutante silenzioso, in che modo poteva aiutarmi di preciso?

Quando il semaforo divenne verde, sentii delle ruote che stridevano sul marciapiede. Heck fermò il suo scooter e attraversò la strada assieme a noi.

«Che fate, ragazzi?» domandò, osservando con gli occhi spalancati il mio nuovo amico.

Santos fece un sorriso vero e proprio. «Sono nel Club dei Detective di Minerva».

«Hai un Club dei Detective? Perché non me lo hai detto?» chiese mio fratello. «Voglio farne parte anche io!»

«Okay, *d'accordo*» gli dissi io.

Ma mentre entravamo nell'Arcanum, iniziai ad avere qualche ripensamento. Se un membro del Club dei Detective era il mio fratellino con un debole per gli incidenti, e l'altro era un ragazzo terrorizzato dalle persone nuove, dai posti nuovi e persino dal buio, quante possibilità potevamo mai avere contro un assassino a piede libero nel mio condominio?

Capitolo 23

Bizzy era a casa, così la convinsi ad aiutarci a verificare le nostre capacità in un interrogatorio. La feci sedere su una sedia dallo schienale rigido nel bel mezzo del soggiorno, mentre Heck, Santos e io la squadravamo dal divano di fronte. Inclinai persino una lampada da lettura in modo che la luce le arrivasse dritta negli occhi: l'avevo visto fare in parecchi film.

«Nome e cognome, per favore» le dissi.

«Elizabetha Amaryllis Burnham».

«Saresti in grado di *provare* che quello è il tuo vero nome?» chiese Heck sospettoso.

«Certo» disse Bizzy, consegnandogli il suo badge studentesco dell'Università di Chicago.

Mentre Heck lo scrutava con attenzione, come se stesse cercando di riconoscere un falso, io feci un cenno a Santos, per incoraggiarlo a fare la prossima domanda.

Fece un profondo respiro. «Dove ti trovavi sabato pomeriggio?»

Bizzy ci pensò per un momento, poi scosse la testa. «Non ne ho idea».

«Ti darò un indizio» intervenni. «Hai perso le scarpe».

«Le avete trovate?» chiese speranzosa.

«Stavo solo cercando di rinfrescarti la memoria» le dissi. «Ti ricordi dov'eri quando hai perso le scarpe?»

Bizzy si intristì. «Erano le mie scarpe preferite. Se solo mi ricordassi dov'ero, probabilmente sarei anche in grado di recuperarle».

«Lascia stare le scarpe!» esclamai, esasperata. «Dove hai passato buona parte della giornata?»

Bizzy corrugò la fronte con lo sguardo perso nel vuoto, come intenta a recuperare un ricordo lontano.

«Ti ricordi che ci hai raccontato di aver incontrato il tuo relatore e di aver deciso un titolo per la tesi?» suggerì Heck.

«Be', in questo caso immagino che io fossi in facoltà» disse Bizzy. «Ma mi pare strano che io fossi là se era un sabato».

Non stavamo arrivando da nessuna parte, così decisi che l'interrogatorio era durato abbastanza. Speravo solo che i nostri vicini fossero un po' più bravi a ricordarsi dov'erano tre giorni prima, rispetto alla mia svampita cugina.

Heck, Santos e io prendemmo l'ascensore fino al dodicesimo piano, quello di Kermit. Dovevamo parlare con i suoi vicini per scoprire che cosa lo potesse collegare a Serenity.

Heck voleva occuparsi di bussare, e Santos voleva starsene il più distante possibile dalla porta, il che mi lasciava solo la posizione mediana. Ma anche se Heck aveva picchiato alla prima porta come se stesse cercando di buttarla giù, non rispose nessuno.

«Forse sono ancora al lavoro» rifletté.

«Andiamo avanti» dissi.

Alla porta successiva, la 1202, uscì un tipo calvo la cui maglietta era talmente tirata sui muscoli che, se solo li avesse tesi, probabilmente sarebbe partita con uno schiocco come un elastico.

«Non ci provate nemmeno, a vendermi biscotti» disse con aria torva. «Pensate che questo fisico straordinario mi sia venuto a forza di *dolci*?»

Ci sbatté la porta in faccia prima ancora che io potessi chiedergli qualcosa su Kermit e Serenity.

«E così sembriamo delle Girl Scout?» gridò Heck.

Santos era già scappato, scendendo mezza rampa di scale.

«L'inquilino della 1202 sembra aggressivo» scrissi sul mio taccuino. «Possibile sospetto?»

Mentre procedevamo porta dopo porta lungo il dodicesimo piano, le cose non andarono affatto come avevo sperato: metà delle persone non era a casa, e l'altra metà non voleva parlarci.

Sul piano di Serenity le cose non andarono molto meglio. Anche una vecchia signora era convinta che volessimo venderle dei biscotti... solo che lei li voleva comprare.

«Ma certo, sarebbe *stupendo* avere qualche biscotto delle Girl Scout!» esclamò. «Aspettate che prendo il libretto degli assegni».

«Non siamo Girl Scout» esclamai dalla soglia, mentre lei scompariva nell'appartamento. «Siamo detective!»

Non mi sentì. I suoi apparecchi acustici stridevano così forte che facevo fatica anch'io a sentirmi.

«Spero abbiate quelli al burro d'arachidi, perché sono i miei preferiti» disse tornando indietro.

«NON ABBIAMO NESSUN BISCOTTO» dissi, con il tono più forte che mi riuscisse di avere senza gridare.

(Okay, forse un pochino avevo gridato.)

Dietro le lenti spesse degli occhiali, i suoi occhi sembravano grandi come palle da biliardo mentre lei ci staccava un assegno. «Prendo una scatola per ogni tipo di biscotto che avete. Ho lasciato l'importo in bianco, così potete inserirlo voi».

Cercai di allontanare la mano di Heck, ma lui fu troppo veloce e sfilò l'assegno dalla mano della vecchia signora.

«Vado subito a infornare qualche teglia» disse Heck, dopo che lei ebbe chiuso la porta. «Questo Club dei Detective potrebbe rivelarsi una bella fonte di guadagni».

«Mi sa che è meglio se torno a casa pure io» disse Santos.

Non potevo crederci, che se ne stessero andando entrambi. Non avevamo ancora interrogato neppure un singolo testimone! Il Club dei Detective era sulla strada giusta per diventare un fallimento totale e assoluto.

Capitolo 24

«ALMENO ACCOMPAGNAMI A FARE UN TENTATIVO AL decimo piano, prima di andare a casa» scongiurai Santos. «Qualcuno dovrà pur sapere qualcosa».

Era chiaro che non ne aveva voglia, ma con riluttanza acconsentì, dicendo: «A parlare ci pensi tu però. I tuoi vicini sono strani».

Scendemmo di un solo piano, mentre Heck proseguì verso il nostro appartamento, con l'idea di cucinare dei biscotti e approfittare dell'anziana signora affamata. Mi domandai cosa avrebbe pensato quando i biscotti fossero apparsi all'interno di sacchetti di carta, invece che dentro scatole di cartone.

Nell'appartamento 1001 non c'era nessuno, ma quando bussai al 1002, un uomo ben vestito aprì la porta con un sorriso.

«Sono Minerva Keen e lui è Santos Salgado» gli

dissi. «Ha tempo per rispondere a qualche domanda? È davvero importante».

«Mi chiamo Young-Jae Park» disse lui. «Prego, accomodatevi».

Cercai di registrare ogni dettaglio con lo sguardo, mentre entravamo, proprio come il detective Taylor. Non fu facile: l'appartamento del signor Park era stipato di così tanti oggetti antichi, che avrebbe potuto aprire un negozio di antiquariato personale.

Sulla mensola sopra il camino c'era una grossa scultura della dea Giustizia. Tiene in mano una bilancia in modo da pesare le argomentazioni di entrambe le parti, e regge una spada per mostrare che è lei il capo, e che le sue decisioni sono inappellabili. Indossa anche una benda sugli occhi, a indicare che ti tratterà in maniera imparziale, non importa chi tu sia.

«Ti piace?» chiese il signor Park accorgendosi che la stavo fissando.

«Un *sacco*» risposi io.

«Anche a me» disse. «È il mio pezzo preferito. Ora, come posso esservi d'aiuto?»

Tirai fuori il taccuino e la penna, pronta a scrivere le sue risposte.

«Probabilmente saprà già cosa è accaduto ai suoi vicini Kermit Hermanson e Serenity Meadows. Stiamo cercando di capire se ci sia qualche collegamento tra loro».

«Vi andrebbe qualcosa da bere?» chiese il signor Park all'improvviso. «Ho della limonata fatta in casa».

«Sì, grazie» dissi.

Dopo che ebbe lasciato la stanza, Santos bisbigliò: «*Non berla!*»

«Perché no?»

«Forse è lui l'avvelenatore. Non ti pare sospetto che ci abbia fatti entrare e che poi abbia cambiato argomento non appena gli hai detto il motivo per cui siamo qui?»

Forse Santos aveva davvero un futuro come detective, a pensarci bene.

Quando il signor Park fece ritorno con tre bicchieri di limonata su un vassoio, mi resi conto che, anche se indossava dei bei vestiti, nessuno di questi sembrava azzeccarci niente con gli altri. La giacca era scozzese, la cravatta aveva dei motivi persiani, la camicia esibiva una vistosa stampa hawaiana e i pantaloncini erano a pois. Persino le calze erano di colori diversi! Sembrava quasi che si fosse vestito al buio.

Dopo aver preso tutti posto attorno al suo tavolino da caffè, io e Santos posammo i bicchieri senza berne nemmeno un goccio. Il signor Park invece bevve metà del suo bicchiere, prima di parlare di nuovo.

«Ora, chi siete voi, e come posso esservi d'aiuto?» domandò.

Fissai Santos con le sopracciglia alzate. Era come se il nostro ospite si fosse già dimenticato tutto quello che gli avevo detto al nostro arrivo.

«Ci chiedevamo se lei conoscesse Kermit Hermanson e Serenity Meadows» gli ricordai.

«Ecco, a dire il vero non conoscevo Kermit» disse il signor Park. «Ma ero un membro della palestra di Serenity. Quello che le è capitato è una tale tragedia...»

«L'ha mai sentita parlare di Kermit?»

«Non che io rammenti».

«Si ricorda se aveva qualche nemico?»

Il signor Park si strattonò la cravatta con entrambe le mani, come se lo stesse strangolando. Sembrava avere difficoltà a respirare. «Se *chi* aveva qualche nemico?»

«Serenity».

«No, ma *io* ero un membro della sua palestra».

Stavamo girando in tondo, ormai. O Young-Jae Park aveva una memoria a breve termine ancora più scarsa di quella di Bizzy, oppure c'era qualcosa che non andava. Quando vidi il suo volto pallido imperlarsi di sudore, il cuore cominciò a battermi all'impazzata, mentre mi rendevo conto di conoscere già la risposta.

Perché Kermit si era comportato nella stessa identica maniera, appena prima di collassare.

«Signor Park, si sente bene?» chiese Santos, mentre il nostro ospite prendeva un'altra generosa sorsata di limonata.

«Sto bene» disse lui. «Mi ricordate di nuovo chi siete voi?»

Tirai fuori il telefono. «Penso che dovremmo chiamare il 118».

Il signor Park ridacchiò debolmente. «Oh, ma non ce n'è alcun bisogno» disse. «Sono solo un pochino...»

E con quelle parole, rovinò di faccia sul tavolino da caffè, rovesciando i bicchieri e versando la limonata dappertutto!

Capitolo 25

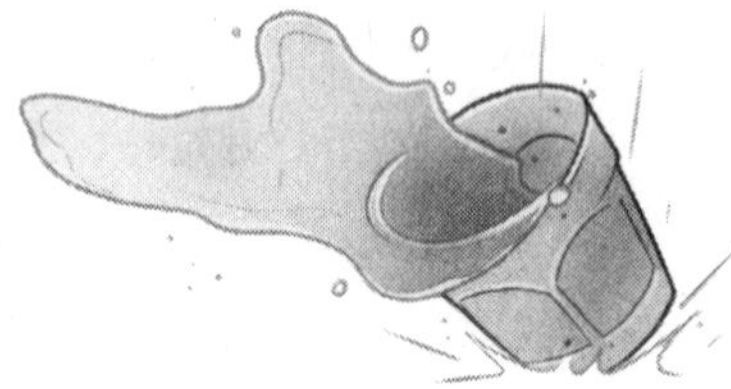

«Chiama il 118!» esclamai. Misi il mio telefono in mano a Santos e gli ci feci chiudere le dita attorno.

Santos osservava il signor Park con aria terrorizzata. Il nostro gentile ospite era spiaggiato sul suo tavolino da caffè come una stella marina con un pessimo gusto per il vestiario.

Mi inginocchiai per controllare che il signor Park respirasse ancora. Il vetro spesso del tavolino era appannato vicino al suo naso e alla sua bocca, quindi capii che doveva essere ancora vivo.

Le mie ginocchia erano ormai zuppe: la pozza di limonata si stava ancora spandendo al suolo.

Santos reggeva il mio telefono come se fosse una granata.

«Non posso chiamare persone che non conosco»

disse. «L'unico caso in cui riesco a farlo è quando devo ordinare un pizza».

Ma ormai il signor Park stava iniziando a scivolare giù dal tavolino! Spazzai via i vetri appiccicosi in modo che non ci cadesse sopra, poi gli infilai le braccia sotto le ascelle e lo adagiai lentamente sul pavimento.

«E allora... fai finta... di ordinare... una pizza» dissi. Grugnivo come una sollevatrice di pesi: il signor Park *non* era leggero.

Santos sbatté gli occhi, uscì di colpo dalla trance e digitò il numero.

Stavo rovesciando il signor Park sulla schiena quando sentii una voce di donna che usciva dal piccolo altoparlante del mio telefono.

«Qual è la sua emergenza?» chiese la voce.

«Vorrei una pizza grande al salame piccante con la crosta sottile, una porzione di pane all'aglio col formaggio e della salsa ranch» disse Santos.

«Ascolta, ragazzino, fare uno scherzo telefonico al 118 è un reato serio» disse la centralinista scocciata.

Santos osservava il telefono come se nemmeno lui potesse credere a quello che aveva appena detto.

«Non intendevo dire che dovessi ordinare una letterale pizza» sibilai a Santos. «Mettila in vivavoce, dai, ci parlo io!»

Presi un cuscino dal divano e cercai di ricordarmi

le esercitazioni di pronto soccorso al campo estivo. Dovevo metterlo sotto la testa o sotto i piedi del signor Park?

«Adesso riattacco» disse la centralinista.

«Aspetti!» gridò Santos. «Posso farcela. Abbiamo bisogno di... aiuto!»

«Non di una pizza?» chiese lei sarcastica.

Optando per i *piedi*, sollevai le gambe del signor Park e gli incastrai il cuscino del divano sotto i piedi. Persino le sue scarpe erano mal assortite: una era da golf, l'altra da bowling.

«Riprendi da capo» dissi a Santos. «Fai un respiro profondo e butta tutto fuori».

Santos inspirò talmente tanta aria che, se i suoi polmoni fossero stati palloncini, sarebbero scoppiati. Poi, parlando più rapidamente del tipo che elenca gli effetti collaterali nella pubblicità di un farmaco, disse: «Unuomohabevutounbicchieredilimomataedècollassatosultavolinodavantianoi».

«Capisco» disse la centralinista, che chiaramente era una professionista nel parlare con persone in piena crisi di panico.

«Crediamopossaessereveleno» aggiunse Santos, appena prima di esaurire del tutto il fiato.

«E dov'è avvenuto il possibile avvelenamento?» chiese la centralinista.

«Insoggiorno» ansimò Santos.

«All'Arcanum» gli ricordai.

Mentre Santos trasmetteva l'informazione e ascoltava la domanda successiva, sempre usando il mio cellulare, io allungai la mano e mormorai: «Mi serve il tuo telefono».

Lui parve quanto mai confuso. Ma sbloccò comunque il telefono e me lo allungò.

Estraendo il biglietto da visita del detective Taylor dalla tasca, digitai il numero che lui aveva scritto sul retro.

Lui rispose: «Wesley Taylor».

«Minerva Keen» dissi io, cercando di suonare professionale quanto lui.

«Come hai fatto ad avere questo numero?» chiese.

«Me lo ha dato lei l'altra sera» gli ricordai. «Subito prima di invitarmi a scoprire qualcosa che lei non sapesse ancora».

«E lo hai fatto?»

«Ho trovato la nuova vittima: Young-Jae Park, nell'appartamento 1002».

Mentre parlavo, Santos si piegò sul signor Park e gli toccò il collo. Aveva ancora il mio telefono all'orecchio, quindi immaginai che la centralinista gli avesse chiesto di cercare il battito.

Il detective Taylor di colpo sembrò molto più interessato. «E come hai fatto?»

«Lo stavo interrogando quando è collassato proprio davanti ai miei occhi» spiegai. «Sono con lui adesso. Abbiamo già chiamato il 118. È ancora vivo... ma abbiamo bisogno di aiuto, e in fretta».

«Sto arrivando» disse lui, riagganciando.

Santos, il mio socio così facile al panico, era di nuovo immobile, proprio come il corpo sul pavimento. Mi fissò con i suoi grandi occhi rotondi.

«Che c'è?» domandai.

«Penso che il cuore del signor Park si sia appena fermato».

Capitolo 26

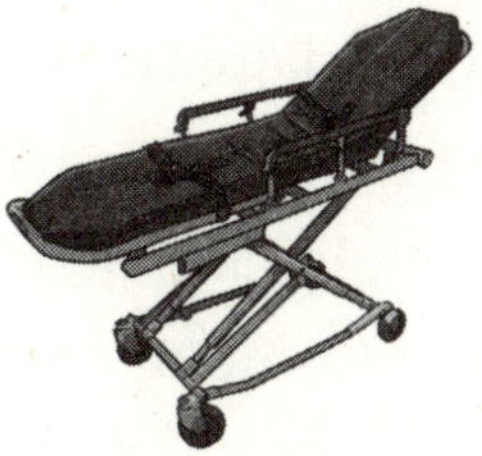

«*Il suo cuore si è fermato?*» ripetei.

Avevo sentito Santos alla perfezione già la prima volta, ma mi serviva del tempo per pensare.

«Ho controllato il battito, come mi aveva chiesto la signora al telefono, ma non sono riuscito a sentire nulla» disse lui. «Ora ha detto che mi spiegherà come fare un massaggio cardiaco!»

Santos mi mollò il telefono, ma io glielo rilanciai subito indietro.

«E fallo, allora!» esclamai.

Lui mi restituì il telefono al volo senza nemmeno prenderlo in mano. Era come se avesse tolto la sicura a una granata e nessuno di noi due volesse rischiare di averla in mano al momento dell'esplosione.

«Non posso!» disse Santos. «E se sbaglio qualcosa?

Se premo troppo forte e gli rompo la gabbia toracica, e una delle sue costole gli perfora il cuore, e lui muore, ed è tutta colpa mia?»

«Non accadrà niente del genere!» gridai, rilanciandogli il telefono.

Ma la verità è che avevo anch'io paura di fare un massaggio cardiaco. Lo scorso agosto, quando ero andata al Camping 'Sperduti nei Boschi', avevamo dovuto seguire tutti un corso di primo soccorso con l'attempata infermiera Edith. Per superare il test, ogni partecipante doveva dare una dimostrazione di rianimazione bocca a bocca, soffiando dentro l'inquietante manichino usato per le esercitazioni... e io ero l'ultima della fila. Ero talmente schifata che finii per vomitargli in bocca. Da quel giorno, tutti gli altri bambini hanno iniziato a chiamarmi Vomiterva.

Ma quando Santos mi restituì il telefono per la terza volta, capii di non avere scelta. Mi abbassai di nuovo sul signor Park, appoggiai il telefono sul tavolino e misi il vivavoce.

«Mi dica cosa fare» chiesi alla centralinista.

«Appoggia le mani circa a metà del suo torace, una sopra l'altra» iniziò lei. «Sfruttando il tuo peso corporeo, spingi verso il basso di almeno cinque centimetri. Veloce adesso: un, due, tre, quattro...»

Scandì il ritmo con i numeri, il che mi fece tornare in mente una canzone che mia mamma ama cantare quando sta facendo i bagagli per una vacanza: *Rumor Has It* di Adele.

Mentre mi piegavo sul signor Park e iniziavo a premergli sullo sterno con spinte regolari, le parole mi attraversarono la mente.

Rumor has it... rumor has it... rumor has it...

O forse non solo la mente. Santos mi stava guardando come se avessi perso la ragione.

«Stai... cantando?» chiese la centralinista.

«È la radio» mentii. «Non riconosce la voce di Adele?»

«L'ambulanza sarà lì a minuti» disse lei. «Se le braccia si stancano, potete fare a turno».

«Tocca a te» dissi a Santos.

Lui esitò, poi mi si inginocchiò di fronte. Quando alzai le mani, lui posò le sue nello stesso posto e iniziò a premere. Anche se *in effetti* spingeva un pochino più forte di me, ero certa che non avrebbe rotto la gabbia toracica del signor Park.

Quasi certa, per lo meno.

Dovevo prepararmi mentalmente per quello che stava per succedere. Volevo davvero, davvero salvare la vita di quell'uomo... ma allo stesso tempo avevo davvero, davvero paura che gli puzzasse l'alito.

E non avevo davvero *nessuna* voglia di vomitargli in bocca.

«Okay, sono pronta per la respirazione bocca a bocca» annunciai alla centralinista.

«A dire il vero non funziona più così» disse lei dopo un istante. «Continua semplicemente con le compressioni toraciche».

Imprecai silenziosamente contro l'infermiera Edith, che con ogni probabilità non aggiornava le sue pratiche di primo soccorso dalla Prima guerra mondiale.

Poi avvenne un miracolo.

Il signor Park tossì. L'intero corpo fu scosso dalle convulsioni, come se stesse cercando di sputare una palla di pelo... e poi il petto ricominciò ad alzarsi e abbassarsi da solo.

«Respira!» gridammo insieme io e Santos.

La porta d'ingresso si spalancò, e Big Joan e Little John entrarono di corsa.

«Ancora tu» disse Big Joan, grattandosi il tatuaggio del teschio.

«Il signor Park se la caverà?» domandai.

Invece di rispondermi, lo osservò attentamente, poi aiutò Little John a legarlo su una barella.

Il signor Park stava boccheggiando e le sue dita si muovevano come se stesse suonando un pianoforte invisibile. E stava anche assumendo una strana colorazione blu-verdastra.

«Non sarà una faccenda semplice» disse Little John, mentre lo spingevano fuori dalla porta. «Se credi nelle preghiere, è il momento giusto».

Capitolo 27

QUANDO LA PORTA SI FU RICHIUSA ALLE SPALLE DEI due soccorritori, calò un silenzio tale che riuscii a sentire una singola goccia di limonata che cadeva sul pavimento.

«Gli hai salvato la vita, Minerva» disse Santos.

«Gli *abbiamo* salvato la vita» lo corressi.

Scosse la testa e fissò il pavimento. «Ero così spaventato che non ragionavo nemmeno».

«Sei andato alla grande» lo confortai. «Tranne che nella parte in cui continuavi a lanciarmi il telefono».

«Cosa facciamo adesso?» chiese Santos.

Dopo quello che era appena successo, ero così nervosa da non riuscire a stare ferma, e non avrei saputo dire cosa scalpitasse più veloce, tra il mio cuore e il mio cervello. Cosa avremmo *dovuto* fare adesso? Il detective Taylor e la sua squadra sarebbero arrivati lì a minuti, ma per il momento non c'era nessuno a dirci cosa fare.

«Cerchiamo qualche indizio» dissi a Santos.

Curiosammo per tutto l'appartamento del signor Park e scoprimmo che anche le altre stanze erano stipate di anticaglie quanto il soggiorno. Gli scaffali erano carichi di libri rilegati in cuoio, vasi antichi e strane sculture, e i muri erano decorati dal pavimento al soffitto con dipinti, fotografie e poster.

«Accumulatori compulsivi, a rapporto!» sospirai.

«Non troveremo mai un indizio qui in mezzo» si lamentò Santos alle mie spalle. «Ha tanta di quella roba che non saprei neppure da dove iniziare!»

Entrai in un corridoio i cui muri erano ricoperti di foto incorniciate che ritraevano il signor Park e i suoi amici. In ogni singola foto, era la persona meglio vestita del gruppo.

Ma allora perché oggi sembrava che avesse partecipato con pessimi risultati a *Project Runway*?

Il detective Taylor arrivò pochi minuti dopo, seguito dalla solita squadra della Scientifica e da un uomo in camice bianco da laboratorio.

«Chi è questo?» chiese, squadrando Santos con sospetto.

La bocca di Santos dava l'impressione che non si

sarebbe aperta nemmeno con un cric, così risposi io al posto suo.

«Lui è Santos Salgado. Mi aiuta nell'indagine».

Il detective Taylor corrugò la fronte. «Siamo sicuri che manterrà il segreto sulle nostre scoperte?»

«Non lo chiamano 'Santos il Silente' a caso» replicai.

«Vedremo» disse il detective Taylor, estraendo il taccuino. «Cos'hai per me, Minerva?»

«Il signor Park era un membro della palestra di Serenity, ma non conosceva davvero né lei né Kermit» spiegai, mentre il detective prendeva nota. «Ci ha offerto della limonata ed è collassato poco dopo averne bevuto qualche sorso. Se lo chiede a me, i sintomi mi sono sembrati molto simili a quelli di Kermit».

«Anche uno di voi due ha bevuto la limonata?» chiese il detective Taylor.

Scuotemmo il capo.

«Santos mi ha detto di non farlo, perché pensava che il signor Park potesse essere l'avvelenatore» dissi. Poi me ne resi conto: «Santos, potresti averci appena salvato la vita!»

Santos divenne di un colore rosso brillante, mentre il detective Taylor ispezionava le pozze sul tavolino e sul pavimento.

«Cerca una caraffa in cucina» disse all'uomo in

camice. «Altrimenti, dovrai fare i test su queste tracce. Quanto a voialtri, conoscete la procedura».

Mentre la squadra della Scientifica si metteva all'opera, il detective Taylor fece qualcosa che non l'avevo mai visto fare prima: sorrise.

A me.

«Ottimo lavoro, collega» disse. «Se non ti fossi messa a bussare alle porte, il signor Park avrebbe potuto essere già morto a quest'ora. Tu gli hai dato la possibilità di lottare».

Collega? Mi sentii come se stessi per collassare sul tavolino anch'io... ma per l'orgoglio. Forse ero una vera detective, dopo tutto.

Capitolo 28

HECK SI ERA GETTATO A CAPOFITTO NEL SUO PIANO DI arricchimento rapido, e i ripiani della cucina erano ricoperti di ciotole d'impasto, griglie da forno e biscotti appena preparati. L'ultima infornata al momento si stava dorando nel forno.

«Adoro il profumo di zucchero e denaro» disse Heck, con le guance e il naso impolverati di farina. «Spero che alla vecchia signora piacciano anche i biscotti croccanti con cocco, mirtilli e noci!»

«Non cucini per stasera?» domandai.

Scosse la testa. «No, a meno che tu non abbia un assegno in bianco da offrirmi».

Presi il telefono e ordinai del cibo dal nostro ristorante cinese preferito: maiale in agrodolce, noodles saltati con manzo, riso fritto con verdure, omelette e zuppa con formaggio e uova. Sapevo che Heck avrebbe ordinato qualcosa con le melanzane o con l'intestino di maiale, ma tanto peggio per lui.

Bizzy arrivò a casa nello stesso momento del cibo. Le presentai Santos e le raccontai del signor Park, mentre apparecchiavamo il tavolo e ci preparavamo a tuffarci in quei piatti dal profumo celestiale. Lei sembrò particolarmente colpita dai suoi vestiti male assortiti e dal suo appartamento zeppo di anticaglie.

«Difficile immaginarsi tre persone più diverse tra loro di Kermit, Serenity e Young-Jae» disse Bizzy mentre poggiava sul tavolo davanti a me tre bacchette. «Qual è la vostra ultima teoria sul motivo del loro avvelenamento?»

«Penso che un agente immobiliare senza scrupoli stia tentando di uccidere tutti i condomini, uno dopo l'altro, in modo da poter comprare i loro appartamenti e conquistare alla fine l'intero edificio» disse Heck.

Bizzy aggrottò la fronte e mise una singola bacchetta di fronte a Santos. «Ma perché?»

«Soldi, naturalmente» disse Heck. «Questo posto sarebbe un perfetto hotel a quattro stelle. Se stanno procedendo con ordine, scendendo dalla cima del palazzo, dobbiamo fermarli prima che tocchi a noi».

Seguii Bizzy attorno al tavolo con i piatti, spostando le bacchette per assicurarmi che tutti quanti ne avessero due. Mangiare con una sola bacchetta è ancora più difficile che ballare con una sola gamba.

«Be', inizio a domandarmi se l'Arcanum non sia per caso un nascondiglio per i rifugiati politici» dissi.

«Almeno per quanto riguarda Kermit, potrebbe avere senso» disse Bizzy.

«E penso che Young-Jae sia coreano, perciò in teoria è possibile che sia un nemico del dittatore della Corea del Nord. Ma chi mai potrebbe voler prendere di mira Serenity?»

«Una compagnia di fast food? Qualcuno che odia lo sport?» proposi io.

Ma nostra cugina non aveva finito. «E se questo condominio è davvero un rifugio politico, da cosa si stanno nascondendo i vostri genitori?»

Heck era così eccitato che fece cadere il tovagliolo. «Forse mamma e papà sono agenti segreti!»

Volevo crederci, ma era un tantino troppo azzardata come ipotesi. Un matematico e una filosofa che fanno gli agenti segreti? Ma *per favore*. Anche se... in fondo *avrebbe* spiegato perché erano sempre in viaggio.

«Forse un pazzo sta semplicemente avvelenando gente a caso per divertimento» disse Santos a bassa voce.

Quello sì che ci mise a tacere. Ci mettemmo tutti a sedere e iniziammo a scodellare il cibo nei piatti.

Morivo di fame. Presi un pezzo gigantesco di maiale in agrodolce e feci per portarmelo alla bocca.

Poi Bizzy disse: «Be', chiunque sia, se sta avvelenando il cibo e sta prendendo di mira le persone che vivono in questo palazzo, allora noi potremmo essere i prossimi, no?»

Fissai il blocco di carne stretto tra le mie bacchette, scintillante di deliziosa salsa arancione. Che quello che ne gocciolava fosse... veleno?

Anche tutti gli altri stavano osservando il proprio cibo.

Uno alla volta, posammo tutti sul tavolo le bacchette; persino Heck, il che fu una sorpresa. Con tutta la roba strana che mangia, non pensavo che si sarebbe fatto problemi per un po' di veleno.

Poi mi resi conto che c'era qualcosa che mi aveva dato da pensare fin da quando avevamo lasciato l'appartamento del signor Park. Di indizi *ce n'erano*... e li avevamo sempre avuti sotto gli occhi.

Per cominciare, era confuso e smemorato anche *prima* di tirare fuori la limonata. Ora che ci pensavo, pure Kermit si comportava in maniera strana già prima di consumare il tè e la torta.

Numero due, il signor Park, che in genere si vestiva così bene, era conciato peggio di un manichino in un mercatino dell'usato.

Il che significava che era stato avvelenato prima ancora di vestirsi.

Perciò non poteva essere stata la limonata.

Ripresi con le bacchette il grosso pezzo di maiale in agrodolce, me lo misi tutto in bocca e presi a masticare. Il sapore era buono da morire.

Heck, Bizzy e Santos mi fissavano come se mi fossero di colpo spuntati dei tentacoli.

«Fidatevi, è commestibile» dissi.

Heck non mi chiese nemmeno perché il cibo non fosse avvelenato: riprese semplicemente in mano le bacchette.

«Se devo morire, non morirò affamato!» annunciò allegro.

Bizzy provò ad assaggiare la sua zuppa all'uovo, ma siccome sovrappensiero aveva usato la forchetta, non riuscì a metterne in bocca più di tanto.

Santos prese un timido morso della sua omelette e la masticò lentamente, con l'aria di uno che si aspetti di crollare con la faccia nel piatto da un momento all'altro.

Dopo che ebbi spiegato il mio ragionamento, però, anche Bizzy e Santos si rilassarono e iniziarono a godersi il cibo. Ero certa che fosse sicuro... be', ne ero certa al novantanove per cento. Ma avevo ancora un dubbio che mi tormentava.

Se gli avvelenamenti non avvenivano tramite il cibo, allora da dove veniva il veleno?

DOSSIER

Nome: Young-Jae Park
Occupazione: Attuario.
(Non ho idea di cosa sia.)
Relazione con il caso: Terza vittima di avvelenamento
Capelli: Neri
Occhi: Castani
Età: 40 (all'incirca)
Segni particolari: Molto ben vestito... tranne quando si veste a caso!
Personalità: Espansivo, amichevole, simpatico
Abitudini, comportamento e talenti speciali: Un vero animale sociale. Adora passare il tempo con gli amici. Conosce tutti i migliori ristoranti, teatri e musei di Chicago.

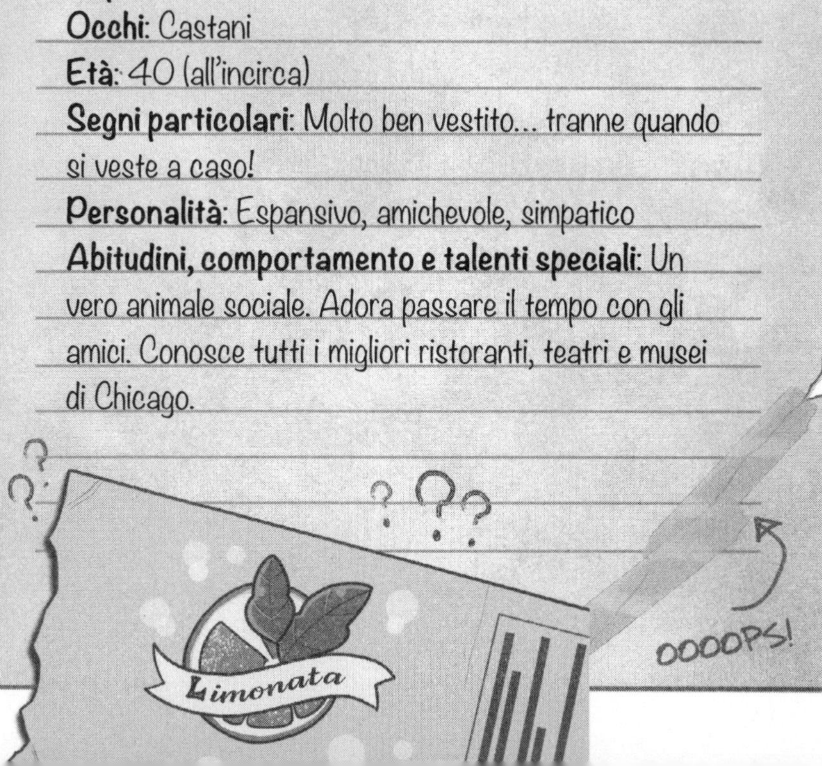

APPUNTI DELLA DETECTIVE:

Young-Jae Park è con ogni probabilità la persona meglio vestita di tutto l'Arcanum. Così, quando ci ha accolti con addosso dei vestiti decisamente mal assortiti, sarebbe dovuto essere ovvio che qualcosa non andava.

Se solo me ne fossi resa conto per tempo!

Pensavo che la limonata fosse l'indizio più importante, mentre avrei dovuto guardare le sue scarpe.

(Insomma, HO guardato le sue scarpe, ma mi sono comunque persa l'indizio.)

Se queste persone però non vengono avvelenate con il cibo, in che modo succede?

E soprattutto, PERCHÉ SUCCEDE???

Capitolo 29

Finita la cena, andai in camera mia e telefonai in ospedale per scoprire come se la passava il signor Park. Santos se n'era andato a casa, Heck stava infornando altri biscotti, e Bizzy cantava sotto la doccia. Anche se la mia porta era chiusa, la sentivo come se stessi usando Spotify in camera mia... o per lo meno, una versione di Spotify con dentro solo canzoni stonate e con i testi sbagliati.

«Sei una parente del signor Park?» chiese la donna che aveva risposto al telefono in ospedale.

«No, ma sono una sua vicina di casa» risposi.

«Possiamo condividere informazioni solo con la sua famiglia» mi disse lei.

«E se lui non ce l'avesse, una famiglia?»

«Questo non ti renderebbe comunque una sua parente, o sbaglio?»

Era evidente che alla donna al telefono piacesse litigare almeno quanto a me. Avrei dovuto mettercela tutta.

«E se le dicessi che oggi ho salvato la vita al signor Park?» domandai.

«Non ci crederei» disse lei. «Sei chiaramente solo una ragazzina».

Ora sì che mi stava facendo innervosire.

«Le voci al telefono possono ingannare» dissi. «E se fosse *lei* a essere solo una stupida ragazzina con la voce di una donna detestabile?»

«Qualcos'altro in cui posso esserti utile?» chiese lei con voce di ghiaccio.

«CHI LO DICE CHE UNA RAGAZZA NON PUÒ SALVARE VITE?» urlai.

Mi sbatté il telefono in faccia. Urlare non aiuta mai a vincere una discussione.

Quando richiamai, cercai di camuffare la voce. Mi tappai il naso con la mano sinistra e mi premetti la gola con la destra. Sembravo una vecchia signora a cavallo di un'aspirapolvere.

«La stanza di Kermit Hermanson, per favore» gracchiai.

«La metto in contatto con l'infermiera, signora» disse l'operatrice con voce cordiale. Ora che avevo dimostrato l'impossibilità di sapere per certo l'età di qualcuno solo sentendone la voce, mi considerai la vincitrice della discussione.

Quando l'infermiera Rosamie rispose, tornai a parlare normalmente.

«Sono Minerva Keen. Sa qualcosa di un nuovo paziente di nome Young-Jae Park?»

«No, ma questo è un ospedale grande» disse lei.

«Be', sa dirmi se Kermit si è svegliato?» chiesi. «Ha fatto una nuova mossa sulla scacchiera?»

«Non che io sappia. Posso dare un'occhiata, però».

L'infermiera Rosamie mi mise in attesa. La musichetta era calma e rilassante. Se fosse per me, dovrebbero sparare le canzoni di Bizzy per tutto ospedale: *quello* sì che spingerebbe la gente a rimettersi il prima possibile per scapparsene a casa.

«Sono nella sua stanza» disse l'infermiera Rosamie un minuto dopo. «Cosa dovrei vedere? Io gioco a dama, non a scacchi».

«Dunque, all'inizio di una partita i pezzi di ciascun giocatore sono disposti in due file su entrambi i lati della scacchiera» spiegai. «Cerchi quali pezzi sono stati spostati dalla posizione iniziale».

«Be', ci sono due pezzi corti nel mezzo, uno bianco e uno nero» disse lei.

Quelli erano i pedoni, là dove Kermit aveva bloccato la mia mossa d'apertura.

«C'è anche una sorta di animale davanti al resto dei pezzi bianchi» aggiunse lei.

Quello era il cavallo che avevo sviluppato con la mia seconda mossa, l'ultima volta che ero stata in quella stanza. Se era tutto lì, allora Kermit non si era ancora svegliato.

«Nient'altro?» chiesi speranzosa.

«Sì. Un pezzo nero, alto, con la testa appuntita. È due caselle davanti all'animale».

Chiudendo gli occhi e visualizzando la scacchiera nella mia testa, capii che Kermit aveva mosso il suo alfiere in diagonale, posizionandolo al centro della scacchiera.

Ero sollevata che Kermit si fosse svegliato e avesse fatto un'altra mossa.

Ma ero anche perplessa… perché la difesa che stava giocando non gli si addiceva affatto. Stava prendendo di mira un umile pedone, il che non aveva senso.

Che cosa stava facendo?

Capitolo 30

Sentii un *colpo* fuori dalla porta. Poi un *tonfo*. Poi uno *schianto*, seguito da un tale baccano che sembrava quasi che un velociraptor fosse rimasto intrappolato nel corridoio.

Le canzoni stonate di Bizzy proseguirono dal bagno. Qualunque cosa fosse, era chiaro che lei non l'aveva sentita.

Feci capolino fuori e vidi Heck che barcollava verso di me. Si stringeva la gola con entrambe le mani, e aveva gli occhi fuori dalle orbite per il terrore. Mi si accapponò la pelle quando lo sentii gracchiare: «Ai-uto...»

«Che succede?» chiesi, anche se ero certa di avere già capito.

L'avvelenatore se l'era presa con noi!

La voce di Heck era un rantolo disarticolato: «Era... nei miei... biscotti!»

Si accasciò contro il muro, cadde sulla schiena e iniziò a dibattersi come un nuotatore fulminato che cerchi di fare dorso.

«BIZZY! AIUTO!» gridai.

A quanto pare doveva avere l'acqua nelle orecchie, perché continuò a cantare.

Non potevo credere che proprio mio fratello fosse diventato la nuova vittima dell'avvelenatore. Come avevo potuto ingannarmi sul pericolo del cibo? Ero così nel panico che faticavo a ragionare. Ma avevo già salvato una vita quel giorno... era l'ora di salvarne un'altra.

Accucciandomi di fianco a Heck, gli poggiai le mani sul petto e iniziai a spingere vero il basso, con affondi forti e decisi. Sentivo di nuovo in testa la canzone di Adele.

Rumor has it... rumor has it... rumor has it...

La faccia di Heck stava diventando paonazza, così spinsi ancora più forte, finché lui non iniziò a tossire e ansimare. Alla fine, mi spinse via e si divincolò.

«Basta, Minerva!» disse. «Sto bene! Ti prendevo solo in giro!»

Mi ci volle un attimo per realizzare che mio fratello non era davvero stato avvelenato. Era solo un deficiente, e mi aveva fatto uno stupido scherzo.

Ma adesso ero io che volevo ucciderlo. Strinsi i pugni, pronta a colpirlo così forte da fargli girare la testa.

«Pezzo di imbecille!» gridai.

«Non *pensavo* che ci saresti cascata» piagnucolò mentre indietreggiava, sottraendosi alla mia vendetta.

Lo inseguii furiosa. «Perché mai non avrei dovuto? La gente viene avvelenata sul serio tutto attorno a noi».

Heck riuscì a rialzarsi e corse via. Giusto in quel momento, Bizzy aprì la porta del bagno per vedere cosa stesse succedendo. Heck si schiantò contro la porta e cadde come un sacco di patate.

Troppo arrabbiata anche solo per controllare che stesse bene, mi chiusi in camera mia sbattendo la porta.

«Buona fortuna a trovare qualcuno che ti aiuti, quando finirai avvelenato per davvero» urlai. «Perché io non muoverò un dito!»

Heck non si scusò finché non andai a letto, con le luci spente.

«Scusa, Minerva» mormorò attraverso la grata di aerazione.

«Potrei accettare le tue scuse domattina, scimunito, ma non stasera» gli risposi.

«Pensavo avresti capito che scherzavo, visto che sei stata tu a capire che il cibo non poteva essere avvelenato» disse lui.

«Non è quello il punto» dissi. «Stasera Santos e Bizzy mi hanno fatto capire un'altra cosa. Sono stata così fissata con il voler aiutare il detective Taylor a risolvere il caso, che non ho preso sul serio il pericolo».

«Nemmeno io» ammise Heck.

«Be', sarà meglio che iniziamo a farlo» conclusi. «Finché non scopriamo chi sta facendo tutto ciò, e come, nessuno nel condominio è al sicuro... nemmeno noi».

Capitolo 31

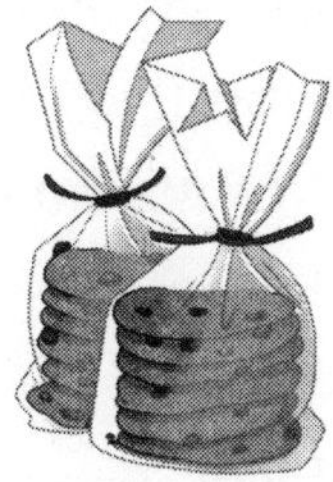

Giovedì, prima di scuola, Heck uscì di casa presto per consegnare i biscotti alla vecchia signora dell'undicesimo piano. Aveva preparato dodici diverse teglie, da quelli con scaglie di cioccolato a quelli con cocco, mirtilli e noci, e persino una con ananas essiccato e peperoncini jalapeño tritati.

«Questi li ho chiamati Fuoco a Tradimento!» annunciò.

Sperai che il gusto della signora fosse debole come il suo udito.

Una volta che fu uscito, feci una videochiamata a mamma e papà. Avevo una domanda importante, e non volevo che Heck distraesse tutti quanti. La prima cosa che vidi quando partì la chiamata fu la faccia di papà che grondava sudore. Poi vidi mamma con in mano una racchetta. Erano all'aperto, in un campo da tennis.

«Dovremo fare in fretta, Minerva» disse papà. «Tua madre e io stiamo pareggiando con un set a testa, e abbiamo il campo solo per un'altra mezz'ora».

«Ma voi non lavorate mai?» chiesi.

«Gli intellettuali non fanno sempre orari da ufficio, Minerva» disse mamma.

«Heck pensa che voi siate agenti segreti» dissi. «In fondo siete sempre via, e nessuno capisce davvero di che cosa vi occupiate».

Papà e mamma si fissarono e poi scoppiarono a ridere di gusto. Ridevano un pochettino *troppo* forte, se lo chiedi a me.

«È la cosa più ridicola che io abbia mai sentito» disse papà dopo che ebbe ripreso fiato.

«Dov'è Heck, comunque?» chiese mamma.

«Consegna biscotti. È il suo nuovo lavoro, anche se in realtà ha una sola cliente».

«Ben per lui!» disse papà «Mi piace il suo fiuto per gli affari».

«Be', ho un lavoro anche io» li informai. «Aiuto il detective Taylor. Ci sono stati altri due avvelenamenti nel condominio, dopo Kermit. Una nostra vicina è pure morta!»

«Spero che ti paghino» disse mamma. «Non è *davvero* un lavoro finché non ti pagano per quello che fai».

«Chiedi a Heck di spedirci qualche biscotto» disse papà, con l'aria di avere già l'acquolina in bocca.

Non potevo crederci. Mia madre faceva domande sullo stipendio, e mio padre si curava più dei biscotti che degli omicidi che avevano luogo nel nostro stesso palazzo!

«Non pensate che Heck, Bizzy e io dovremmo andarcene, finché il caso non viene risolto?» chiesi. «Mi sa proprio che siamo in pericolo».

Papà sospirò. «Cerchiamo di usare la logica. Delle circa duecento persone che vivono nel nostro condominio, ne sono state avvelenate tre, di cui una è morta...»

«A quanto ne sappiamo» lo interruppi.

«... il che significa che ciascuno di voi ha lo 0,015% di probabilità di essere avvelenato. E una probabilità dello 0,005% di morire a causa del veleno. Sono *molto* basse».

Era sempre difficile discuterci, quando iniziava a tirare fuori i suoi numeri.

«Il detective Come-Si-Chiama vi ha detto di andarvene?» chiese mamma.

Scossi la testa. «Non ancora».

«Allora da' retta a tuo padre» concluse lei. «È estremamente improbabile che finiate avvelenati».

«Non nel nostro palazzo, se permetti!» replicai.

«Mantenete la calma e andrà tutto bene» disse papà, facendo roteare con impazienza la racchetta. «Vi abbiamo insegnato a badare a voi stessi. Ora, se vuoi scusarmi, tocca a me servire e tua madre mi aspetta».

Chiudemmo la telefonata. Forse Heck aveva ragione ed erano davvero degli agenti segreti, alla fine. Chi altri si comporterebbe come se una probabilità su duecento di morire avvelenati non fosse nulla di preoccupante?

Capitolo 32

LE IMMAGINI DI UN CARTONE ANIMATO SCORREVANO sulla lavagna di fronte alla classe. Davanti ai miei occhi, la figura stilizzata di una donna aprì una bottiglia di candeggina e ne versò un po' nel secchio del mocio. Poi ci aggiunse un tappo di ammoniaca. Dal secchio sbucarono fuori delle linee dall'aria fetida, seguite da un mucchio di facce verdi e accigliate, che immaginai rappresentassero delle bolle di gas.

La sagoma della donna parve sorpresa, poi la forma dei suoi occhi passò dalla O alla X e lei si accasciò al suolo.

«Pericolo sotto il lavello!» annunciò la voce narrante, con tono grave e drammatico. «I comuni prodotti per le pulizie domestiche, come candeggina e ammoniaca, possono formare gas tossici potenzialmente letali!»

«Mi sa che anche qui è appena stato liberato del gas letale!» disse il bambino di fronte a me, facendo una scoreggia con la bocca.

O forse non era con la bocca. A ogni modo, risero tutti (tranne me).

Ero annoiata oltre ogni dire. Ovvio, la Cloramina in forma di gas è tossica, ma è anche facile da evitare. E solo una testa di rapa avrebbe bevuto detergente, diserbante, spray insetticida o qualunque altro prodotto chimico da cui ci stava mettendo in guardia la voce narrante. Quello che serviva a me era qualche informazione sulle tossine esotiche che venivano impiegate nel nostro condominio.

Usare il telefono in classe è contro le regole, ma chiunque abbia scritto le regole evidentemente non aveva tenuto in considerazione i casi di omicidio. Tenendo il telefono sotto il banco, iniziai a googlare il più in fretta possibile. Presto mi ero del tutto scordata che ci fosse un video in sottofondo.

Quando il video terminò, il professor De Tono riaccese tutte le luci.

«QUALCHE DOMANDA?» chiese.

Il professor De Tono è l'insegnante di ginnastica e di educazione alla salute, oltre ad allenare le squadre di football, basket e calcio. La sua voce ha un solo livello possibile di volume: MOLTO FORTE.

Alzai la mano. «Ci sarà un aprofondimento sui veleni esotici?»

«COSA INTENDI CON 'VELENI ESOTICI', MINERVA?» tuonò il professor De Tono.

«Sa, quelli come botulino, ricina, antrace e Sarin» dissi io. «Tutto quanto, dalle neurotossine create in laboratorio ai veleni prodotti naturalmente dagli animali. Lo sapeva che alcune rane sono così velenose da paralizzare anche solo chi le sfiora?»

Avevo imparato parecchio negli ultimi quindici minuti. Il professor De Tono mi osservò. Anche tutto il resto della classe mi stava fissando.

«NO, NON TRATTEREMO DI QUEI VELENI IN CLASSE» disse. «NON BERE CANDEGGINA E STARAI BENONE».

«Ma non dovremmo imparare qualcosa su *tutti* i veleni, per sicurezza?» ribattei.

«NON ABBIAMO RANE VELENOSE A CHICAGO!» tuonò il professor De Tono.

«E come lo sa?» domandai.

«Sarei più preoccupato dai ratti velenosi, se fossi in te» disse il bambino nel banco davanti a me. «A Chicago ci sono molti più ratti che rane»

«Non serve che entri nel dettaglio, grazie» gli dissi rabbrividendo.

Era già abbastanza brutto sapere che a Chicago

c'erano ratti senza dovermi anche preoccupare di quelli velenosi.

Dopo lezione, mandai un messaggio al detective Taylor.

Ha già identificato i veleni usati nel nostro condominio?

Ci stiamo ancora lavorando, mi rispose. **Tutto quello che sappiamo per ora è che ogni veleno era diverso.**

Ma da dove arrivano quei veleni? domandai.

Scoprilo, e abbiamo risolto il caso, replicò il detective Taylor.

Capitolo 33

«Ehilà? C'è nessuno in casa? *Ehilà?*»

Battei il pugno sull'elegante portone d'ingresso dell'Arcanum, ma nessuno rispose. Facendomi ombra con le mani attorno agli occhi, diedi un'occhiata attraverso il vetro e vidi che Oskar non era seduto alla sua scrivania.

È questo il punto, quando vivi in un palazzo con il portinaio: ti apre sempre lui la porta, il che fa comodo, soprattutto se hai le mani impegnate. Ma se deve assentarsi, allora chiude il portone per assicurarsi che nessuno possa entrare a svaligiare gli appartamenti.

E anche se non eravamo dei rapinatori, adesso non potevamo entrare neppure noi. Heck e io non portiamo mai con noi le chiavi del portone... in fondo abbiamo un portinaio apposta.

Tirai un'ultima volta le grandi maniglie di ottone,

ma il portone non si smosse di un millimetro. Allora mi voltai verso Heck e Santos e mi strinsi nelle spalle.

«Mi sa che non c'è» dissi.

«Che strano» commentò Heck. «Non riesco a ricordarmi l'ultima volta in cui sono tornato a casa e Oskar non c'era».

«Forse doveva solo andare in bagno» disse Santos.

Santos era diventato un chiacchierone, da quando si era unito al Club dei Detective. Quando c'erano altre persone, era ancora silenzioso come una cassetta delle lettere, ma con noi si comportava diversamente. Aveva scoperto che le sue corde vocali funzionavano, e gli piaceva pure utilizzarle.

«Probabilmente hai ragione» dissi a Santos.

Mentre aspettavamo che Oskar facesse ritorno, Santos e io osservammo Heck che tentava di saltare sopra a un idrante con il suo skateboard. Santos era certo che prima o poi ci sarebbe riuscito, mentre io pensavo che con ogni probabilità Heck avrebbe finito per guadagnarsi un gesso anche sull'altro braccio.

Alla fine, saltò fuori che ci eravamo sbagliati tutti e due. Dieci minuti dopo, eravamo ancora bloccati fuori.

«Do un'occhiata alla porta sul retro» si offrì Heck.

Si spinse via sul suo skateboard e avanzò con il suo *clic-clac* lungo il marciapiede. Non appena ebbe svoltato l'angolo, il portone d'ingresso si aprì. Ma non era stato Oskar a spalancarlo, sorridendoci come faceva sempre.

Al suo posto, una donna dallo sguardo feroce ci corse incontro, facendoci cadere come birilli da bowling. Prima che riuscissi a rimettermi in piedi, era già a metà dell'isolato.

«Ferma!» gridai.

Si guardò alle spalle e continuò a correre. Non penso che avrebbe potuto correre più veloce neppure se fosse stata inseguita da ghepardi affamati.

Tirai fuori il telefono per farle una foto, ma era già troppo lontana.

Chi era?

Capitolo 34

Santos bloccò il portone prima che si richiudesse di nuovo.

«Quella era una tua vicina?» chiese.

«Mai vista prima» gli dissi io.

Il modo in cui era scappata dal palazzo era *decisamente* sospetto, così aprii il taccuino e buttai giù tutto quello che ricordavo di lei. Non ero riuscita a vederla bene in faccia, ma sapevo che aveva i capelli ricci e gli occhiali. Indossava una camicia blu scuro, pantaloni della tuta grigi e scarpe da ginnastica bianche.

Le scarpe da ginnastica sono un'ottima scelta, se il tuo piano è fuggire dalla scena del crimine.

«Sarà meglio che troviamo Oskar» dissi.

Non era nell'ingresso, nel salone e neppure nell'atrio. Santos controllò persino nel bagno degli uomini. Ma non c'era anima viva da nessuna parte, al piano terra.

La porta di Delores DeWitt era chiusa, ma dubitavo che Oskar potesse trovarsi nel suo ufficio: non gli stava più simpatica di quanto stesse a me.

Poi mi ricordai una cosa. Oltre ad aprire il portone e a firmare per le consegne dei pacchi, un altro compito di Oskar era quello di svuotare i bidoni della lobby nei cassonetti del seminterrato. E se fosse stato bloccato in fondo alle scale con una gamba rotta?

Feci strada a Santos fino alla porta del seminterrato e l'aprii. La stretta scala di legno era fiocamente illuminata, al punto che ne vedevamo a malapena la fine.

«Prima tu» dissi a Santos.

Scosse la testa. «Ho paura del buio, non ti ricordi?»

«Be', e io ho paura dei ratti! Oskar mi ha detto di averne visto uno qui sotto».

«Ma è il tuo portinaio» replicò Santos. «Io non ne ho uno, però se ce l'avessi andrei senza dubbio io a cercarlo».

Deglutii a fatica e appoggiai il piede sul primo gradino. Siccome nessun ratto mi morsicò il piede, proseguii.

L'Arcanum ha pavimenti di marmo, caminetti lussuosi e lampadari di cristallo. Ma il seminterrato sembra quasi appartenere a un edificio diverso: il pavimento è in terra battuta, la caldaia ha l'aria di poter prendere vita e divorarti da un momento all'altro, e l'unica luce proviene da un paio di vetuste lampadine che penzolano dal soffitto.

Se un regista di Hollywood volesse girare un film horror a Chicago, avrei il posto perfetto da suggerirgli.

«Oskar? Sei quaggiù?» chiamai.

La mia voce si perdeva nell'oscurità. Non sentii nemmeno un'eco.

Poi, al di sopra di noi, ci fu un FRASTUONO come se qualcosa stesse cadendo a cento miglia orarie... e un assordante BANG quando atterrò. Sembrava una lavastoviglie piena stipata che cadeva dentro un camion della spazzatura.

Sia io che Santos gridammo, e tentammo contemporaneamente di gettarci l'uno in braccio all'altra... con il risultato che ci scontrammo e cademmo a terra.

«*Che cos'era quello?*» sussurrò Santos.

«Solo un sacco della spazzatura» dissi, mentre il terrore si trasformava lentamente in sollievo.

Qualcuno dai piani superiori doveva averlo gettato nello scivolo dell'immondizia. Il sacco era atterrato così forte che solo per miracolo non era esploso all'impatto, ricoprendoci di fondi di caffè umidicci e bucce di banana zuppe.

«Non dirò a nessuno che abbiamo gridato, se non lo fai nemmeno tu» dissi a Santos mentre ci spolveravamo e ci rimettevamo in piedi.

Ma sapevo che il mio segreto era al sicuro: non per niente lo chiamavano Santos il Silente.

Mentre ci avviavamo verso il cassonetto, tesi l'orecchio, sperando di non udire un'altra bomba di spazzatura sibilare verso di noi. Poi ruttai, così forte che riuscii a sentire il sandwich al formaggio che avevo mangiato per pranzo.

Santos fece un passo indietro, cercando di allontanare la puzza sventolando la mano.

«Non posso farci niente» dissi. «Quando sono nervosa rutto».

Poi, nell'oscurità, sentimmo qualcun altro che ruttava.

«Oskar?» sibilai. «Sei stato tu?»

C'era un silenzio assordante... tanto che ruttai di nuovo, stavolta anche più forte, e mi si ripropose lo yogurt alla fragola che avevo mangiato a colazione.

Attivai la torcia del telefono e iniziai ad avanzare cautamente verso il punto da cui avevo sentito provenire l'*altro* rutto. Santos mi fece andare avanti per prima, usandomi come scudo umano. La luce bianca brillante lampeggiò sui cassonetti blu... e su una piccola forma stesa al suolo lì davanti.

Quando la piccola forma si mosse, il mio cuore fu lì lì per fermarsi.

«Quello è un... *ratto*?» mormorai.

Santos sbirciò da dietro le mie spalle. «Credo che sia una rana».

«E cosa ci dovrebbe fare una rana quaggiù?»

La rana si allontanò a balzi e scomparve dietro i cassonetti. La seguimmo, cercando di vedere meglio.

E poi le vedemmo: un paio di scarpe.

E non un paio qualsiasi. Le scarpe di Oskar. Con dentro i piedi di Oskar. Oskar se ne stava disteso immobile, come un cadavere.

Strillai e feci cadere il telefono.

Santos svenne e stramazzò al suolo.

E quando il mio telefono toccò terra, la torcia si spense.

Capitolo 35

MI SFORZAI DI NON ENTRARE NEL PANICO MENTRE cercavo il telefono sul pavimento battuto. Anche se da una lampadina lontana proveniva un debole bagliore, non riuscivo proprio a trovarlo. Dovevo avere accidentalmente spento la torcia prima che mi cadesse il telefono di mano.

Finalmente lo trovai… era sotto Santos. Lo scossi ma lui non si mosse.

Digitai il 118 con dita tremanti, ma non avevo campo e la chiamata non partì. Lasciando Santos e Oskar, corsi per il seminterrato, balzai su per le scale sbilenche… e finii a sbattere dritta contro Delores DeWitt.

«Cosa stavi facendo là sotto?» indagò lei.

«Ho appena trovato Oskar» le dissi. «Ha qualcosa che non va!»

Invece di chiedermi *che cosa* avesse che non andava, mi scrutò e disse: «Ti piace proprio ficcarti nei guai, vero?»

Poi mi guidò verso una sedia e mi ci spinse sopra così forte che sembrava stesse cercando di chiudere una valigia troppo piena.

«Siediti qui e *non ti muovere*» ringhiò, mentre chiamava il 118 dalla reception.

Anche se detestavo dover lasciare Santos e Oskar nel seminterrato, avevo troppa paura per tornare là sotto. E se una rana mi fosse saltata addosso? O se un ratto mi avesse morsicato?

E se un assassino mi avesse *assassinata*?

Ma se i miei amici erano in pericolo, non potevo starmene seduta nella lobby, facendo a gara con Delores a chi distoglieva per ultima lo sguardo.

Quando mise giù il telefono, mi alzai.

«Vado a controllare come stanno Santos e Oskar» annunciai.

Delores mi sospinse di nuovo sulla sedia. «Hai già fatto abbastanza danni per oggi!»

Continuai a tirarmi su, e lei continuò a spingermi giù, fino a che un'ambulanza non inchiodò facendo stridere le gomme fuori dal palazzo.

I soliti soccorritori del pronto soccorso, fratello e sorella, entrarono.

«Ma che problemi avete in questo posto?» chiese Big Joan.

«Vorrei saperlo anch'io» disse Delores, guardandomi come se fosse il giudice, la giuria... e non vedesse l'ora di diventare anche il boia.

Quando tornarono su dalle scale, Santos era assicurato su una barella. Gli occhi erano ancora chiusi.

«È appena svenuto» disse Little John. «Si rimetterà».

«Quello è il mio amico Santos: la vera vittima è dietro i cassonetti» li avvisai.

Big Joan e Little John si guardarono come a dire: *Ma quanti corpi ci sono qui dentro?*

«Be', sarà meglio che intanto svegliamo questo qui, perché di barelle ne abbiamo una sola» disse Big Joan.

Ruppe una boccetta di sali sotto il naso di Santos, che spalancò gli occhi di colpo come se qualcuno gli avesse appena versato dell'acqua ghiacciata nelle mutande.

Little John iniziò a fargli domande. «Come ti chiami, ragazzo? Ti ricordi che giorno è oggi? Chi è il presidente degli Stati Uniti?»

Santos si limitò a fissarlo senza rispondere.

Little John scosse il capo mestamente. «Ha perso la facoltà di parlare».

«Sta bene» dissi io. «È solo che non gli piace parlare con le persone che non conosce».

«Se avete finito di perder tempo, forse è anche ora che torniate di sotto» disse Delores con tono impaziente. «C'è un uomo morto, laggiù».

Santos scese dalla barella e si sedette al mio fianco, ispezionandosi il corpo alla ricerca di lividi. «Non penso che mi piaccia molto, fare il detective» disse.

Mentre i soccorritori tornavano giù nel seminterrato, io mi voltai verso Delores. «Come fa a sapere che Oskar è morto? Potrebbe essere solo svenuto, proprio come Santos».

Lei mi puntò il dito contro come se volesse cavarmi un occhio. «Perché ovunque tu vada, ti lasci sempre dietro una scia di cadaveri!»

Come per confermare la sua ultima uscita, Big Joan e Little John sbucarono lentamente dalla tromba delle scale. Avevano l'aria triste e abbattuta. Da sotto il lenzuolo vidi sbucare le scarpe di Oskar... e il lenzuolo era tirato fin sopra la testa.

DOSSIER

Nome: Oskar Buaszczykowski
Occupazione: Portinaio
Relazione con il caso: Vedeva tutti coloro che entravano e uscivano dal palazzo. Forse aveva scoperto qualcosa che non ha mai fatto in tempo a dirci?
Capelli: Biondi, piatti come una spazzola sulla cima
Occhi: Blu, molto simpatici
Età: Troppo giovane per morire avvelenato!
Segni particolari: Indossava una giacca con 'Arcanum' cucito sulla tasca
Personalità: Amichevole e affidabile
Abitudini, comportamento e talenti speciali:
Sapeva di cosa avevi bisogno prima che lo sapessi tu. Se stava per piovere, ti allungava un ombrello quando stavi per uscire.

APPUNTI DELLA DETECTIVE:

Non è facile essere sempre allegri, quando il tuo compito è aprire il portone, firmare per le consegne e portare la spesa a casa... ma di sicuro Oskar dava l'impressione che lo fosse.

Faceva sembrare facile persino andare d'accordo con Delores DeWitt, cosa che la maggior parte delle persone troverebbe impossibile. (Insomma, quante persone lavorano per qualcuno che di base è una megera?)

Alcuni abitanti dell'Arcanum lo trattavano come se fosse un soprammobile, ma non io. Noi eravamo amici. Si ricordava sempre il mio compleanno (il 15 marzo), così io facevo in modo di ricordarmi il suo (il 29 settembre).

Ma non compirà mai più gli anni.

Ha sempre detto: «Se vuoi vedere l'arcobaleno, devi prima sopportare la pioggia».

Sai chi lo ha detto per prima? Dolly Parton!

Oskar era un fan segreto della musica country!

Capitolo 36

RIMASI FERMA SUL MARCIAPIEDE DI FRONTE AL NOSTRO palazzo, con Santos al mio fianco, osservando i soccorritori che caricavano Oskar sull'ambulanza. Per una volta, Big Joan non fece stridere le gomme alla partenza: si limitò a scivolare lentamente nel traffico, senza nemmeno preoccuparsi di accendere le sirene e i lampeggianti. Il povero Oskar era morto.

«Bene, sarai soddisfatta adesso» disse Delores dietro di me.

«Era amico mio!» dissi, asciugandomi le lacrime dalle guance. «Ma che *problemi* ha?»

Si strinse nelle spalle. «Nessuno... basta che non provi ad avvelenare anche me».

Il detective Taylor accostò l'auto al marciapiede e parcheggiò in doppia fila. Guidava un mezzo nero, senza contrassegni, ma probabilmente non doveva preoccuparsi delle multe.

«Come ha fatto il detective Taylor ad arrivare qui così in fretta?» domandai.

«L'ho chiamato io» disse Delores con aria compiaciuta. «Mi ha dato il suo biglietto da visita».

Fu un colpo basso. Perché mai avrebbe dovuto dare anche a lei il suo numero? La sua partner ero io... non Delores!

Il detective Taylor ci venne incontro attraversando il marciapiede.

«Spero che lei sia pronto ad arrestare questa ragazzina» annunciò Delores. «Non so come ci riesca, ma ogni volta che compare ci scappa il morto».

«Non la ascolti, è pazza!» gli dissi io. «Abbiamo visto qualcuno correre via dal palazzo appena prima di trovare Oskar!»

Il detective Taylor alzò entrambe le mani come se stesse dirigendo il traffico. «Aspettate un momento e lasciatemi fare il mio lavoro, tutte e due. Signora DeWitt, mi farebbe il favore di tornare al suo ufficio finché non ho finito di interrogare Minerva e Santos?»

«Niente affatto» rispose lei con aria di sfida. «Me ne starò proprio qui, ad assicurarmi che non dica panzane».

«Allora immagino che non le darà fastidio neppure

lasciare che Minerva presenzi quando toccherà a lei essere interrogata» disse il detective Taylor.

A quanto pare, a Delores dava fastidio, visto che finalmente se ne andò. Dalla faccia, anche Santos sembrava desiderare un ufficio in cui potersi ritirare.

Il detective Taylor ci scortò dentro e ci chiese di sederci nel salone. Notai che indossava una cravatta che avevo già visto: quella della lotta tra ketchup e senape.

«Sono davvero dispiaciuto per Oskar» iniziò. «Voi due state bene?»

«Certo che no» dissi io, chiedendomi se ai detective come lui non capitasse mai di assuefarsi, a furia di vedere tante cose orribili. «Non crede a Delores, vero?»

«Non pensare a lei, per adesso. Parti dall'inizio e raccontami cosa è successo» replicò lui.

Presi un respiro profondo e mi preparai a dirgli tutto quello che avevamo visto fin da quando eravamo tornati a casa da scuola. Ma prima di poter dire anche solo una parola, scoppiai a piangere. E non parlo esattamente di qualche lacrima o di un paio di sospiri: ululai come una bambina, finché non iniziai a smoccolare dal naso singhiozzando.

Fu imbarazzante, ma non riuscivo proprio a trattenermi. Prima Kermit, poi Serenity, poi il signor Park e adesso anche Oskar... Oskar, che era stato il portinaio del condominio fin da quando ero bambina. Non meritava di essere avvelenato, ecco tutto. Nessuno di loro lo meritava. Perché stava accadendo? Quando sarebbe finita?

«Senza fretta, Minerva» disse il detective Taylor, offrendomi un pacchetto di fazzoletti presi dalla scrivania di Oskar.

Quando mi resi conto che venivano dalla scorta personale di fazzoletti di Oskar, i miei singhiozzi raddoppiarono.

Persino Santos piangeva un pochino... in silenzio, chiaramente.

Quando mi fui calmata, avevo già usato metà del pacchetto, ed era arrivata la squadra della Scientifica del detective Taylor. Uno di loro, un ragazzo basso con la barba a punta, si occupava di fare gli identikit. Gli descrissi la donna che avevamo visto fuggire dall'edificio, e Santos annuì quando era d'accordo e scosse la testa quando gli pareva che io mi sbagliassi. In poco tempo il ritrattista realizzò un disegno che sembrava proprio raffigurare quella donna.

«Pensa che sia lei l'assassina?» chiesi al detective Taylor.

«Non saltiamo alle conclusioni» mi ammonì. «Prima dobbiamo trovarla».

Proprio in quel momento sentii il *clic-clac* dello skateboard di Heck, che si avvicinava a noi da dietro il palazzo. Heck sbucò fuori dall'atrio con una poliziotta dalla faccia rossa che gli correva dietro trafelata. Lo raggiunse proprio quando lui frenò con una sbandata dello skate.

«Ho trovato questo ragazzino che cercava di entrare nel palazzo dal retro» disse la poliziotta, col respiro affannato.

«È tutto a posto, vive qui» le disse il detective Taylor.

«Cosa mi sono perso?» chiese Heck, mentre la poliziotta alzava le mani in segno di frustrazione.

Non sapevo neppure da dove cominciare.

«Minerva, mi lasceresti un minuto con Heck e Santos, per favore?» chiese il detective Taylor. «Vorrei interrogarvi tutti separatamente, prima di parlare con Delores».

Non potevo credere alle mie orecchie. Il mio partner mi stava liquidando.

Capitolo 37

Ero così furiosa che me ne andai dall'Arcanum pestando i piedi. Dopo tutto quello che avevo fatto per dargli prova del mio valore, perché adesso il detective Taylor mi allontanava? Aveva cambiato parere e si era convinto che forse io potessi nascondergli qualcosa?

Prima di rendermene conto, ero già a metà strada verso l'ospedale DuSable. Decisi di fare un'altra visitina a Kermit, per vedere se stava migliorando. Non sapevo come avrei reagito, se avessi scoperto che era peggiorato.

Mi affrettai in camera sua. Aveva gli occhi ancora chiusi, ma il respiro era regolare, e non sembrava che i medici gli avessero attaccato altri tubi o cavi.

Da un'occhiata alla scacchiera capii che si era svegliato di nuovo e aveva fatto un'altra mossa.

E adesso capivo anche cosa stava cercando di fare.

L'ultima volta, avevo mosso il mio altro cavallo per proteggere il re. In risposta, lui aveva spostato la sua regina, prendendo di mira lo stesso pedone che già minacciava con l'alfiere. Stava cercando di fregarmi con il Matto del Barbiere e chiudere la partita!

Ma doveva essere fuori di senno, perché era chiaro che non sarei mai cascata in un trucco così balordo.

Dopo essere uscita dalla sua stanza, trovai l'infermiera Rosamie dietro la guardiola.

«Kermit continua a fare le sue mosse» le dissi.

Lei mi sorrise. «Be', mi sembra un buon segno, giusto? Significa che si sveglia regolarmente».

«*Sarebbe* un buon segno, se solo giocasse bene, ma il fatto è che gioca come se non avesse idea di quello che fa. E se non migliorasse più?»

«Ne ha passate tante, Minerva, ed è molto vecchio e acciaccato. Abbi pazienza».

«È sicura che non ci sia qualcun altro a muovere i pezzi al posto suo?» domandai.

Lei annuì con decisione. «Al cento per cento. Ho chiesto in giro, e nessuno degli altri infermieri gioca a scacchi».

Tornai nella stanza di Kermit. Avevo le lacrime agli occhi mentre facevo la mia mossa.

«*Ti prego*, svegliati e rimettiti» mormorai.

Ma il vecchio continuò a dormire.

Capitolo 38

I LAMPIONI INIZIAVANO GIÀ AD ACCENDERSI, MENTRE camminavo verso casa. Nuvole nere affollavano il cielo serale. In lontananza, sentii un rombo più forte e più profondo della metropolitana: un tuono.

Mi squillò il telefono: era il detective Taylor.

«Perché ha parlato con Santos e Heck senza di me?» chiesi non appena risposi. «Non si fida più di me?»

Il detective Taylor ridacchiò. «Ma certo che mi fido di te. Volevo solo sentirli rispondere in prima persona, senza che ci fossi tu a parlare al posto loro. Adesso porto Santos a casa».

Lo ammetto, fu un *sollievo*.

«Che cosa le ha detto Delores?» mi informai.

«Ha riconosciuto l'identikit» disse. «La donna è una domestica che ha messo piede l'ultima volta nell'edificio due settimane fa, perciò non può essere la responsabile degli avvelenamenti. Correva solo perché era in ritardo per il suo autobus».

Grosse gocce di pioggia iniziarono a colpire il marciapiede. Stavo per finire inzuppata.

«Devono esserci un sacco di domestici e dog sitter che girano per il palazzo ogni giorno: che mi dice di quelli?» chiesi.

«Ci ho già pensato» disse il detective Taylor. «Ho chiesto alla mia squadra di controllare il registro delle visite, ma nessun domestico o dog sitter era nel palazzo durante tutti i casi, e nessuno di loro aveva le chiavi per gli appartamenti delle vittime».

Poi, quando l'acqua aveva iniziato davvero a scendere, dei fanali lampeggiarono e un'auto accostò a pochi passi da me. Santos mi faceva segno dal sedile del passeggero, e il detective Taylor era al volante.

«Entra. Porto a casa anche te» disse, abbassando il finestrino.

Salii sul sedile posteriore e accompagnammo a casa Santos, che si limitò a grugnire quando gli dissi: «Ci vediamo domani a scuola!» Poi mi spostai sul sedile davanti finché non arrivammo all'Arcanum.

«Mi fa impazzire il modo in cui Delores continua a darmi la colpa di tutto quanto» mi lamentai.

«Be', devi ammetterlo, continui a saltare fuori sulla scena del crimine» disse il detective Taylor.

Diedi una manata al cruscotto. «Forse è lei! Ci ragioni: era nel palazzo ogni singola volta, ha le chiavi per ogni appartamento, e senza dubbio è cattiva abbastanza da avvelenare la gente. Se *lei* fosse il killer, non cercherebbe di far passare *gli altri* come colpevoli?»

«Suppongo di sì» ammise con aria assorta.

«E poi, sembrava sapere già che Oskar era morto... ma nemmeno io lo sapevo, finché i soccorritori non lo hanno portato su per le scale».

Il detective Taylor accostò di fronte all'Arcanum e lasciò il motore acceso. Il suo tergicristallo faticava a reggere la lotta con quella pioggia.

«Anche se tutto ciò che dici è vero, in genere le persone non si mettono ad avvelenare un tale numero di vittime senza un motivo» disse. «E sarei messo in ridicolo dall'intero corpo di polizia, se arrestassi qualcuno solo perché è cattivo. Qual è il suo *movente*, Minerva?»

Per quello, non avevo una risposta.

Capitolo 39

«Già di ritorno dalla centrale?» sogghignò Delores. «Immagino abbia deciso di non arrestarti... per ora».

Era proprio Delores a tenermi il portone aperto. Doveva avermi vista uscire dalla macchina del detective Taylor.

«Mi ha solo dato un passaggio... nel sedile davanti» replicai. «Quando sarà il suo turno, se ne starà nei sedili di dietro, e con le manette ai polsi».

«Scoprirà il tuo segreto presto, tranquilla» disse Delores.

«Non ho alcun segreto» le dissi superandola. «In effetti, magari dovremmo chiamare qualche giornalista per raccontare gli ultimi avvenimenti. Forse, se un telegiornale facesse un bel servizio su quello che sta accadendo all'Arcanum, ci aiuterebbe a risolvere il caso».

Delores impallidì. Chiuse il portone così in fretta che dovetti fare un salto per non rimanerci schiacciata in mezzo.

«Ho detto qualcosa che non andava?» chiesi.

«Non ti azzardare a chiamare i giornalisti» disse, puntandomi il dito contro. «Sarebbe tutta cattiva pubblicità, dannosa per il condominio».

«Dannosa per *lei*, vorrà dire» ribattei senza voltarmi. «E comunque, le sua doti da portinaia hanno bisogno di un bel po' di pratica».

«Sto solo sostituendo Oskar finché non arriva qualcun altro!» gridò lei.

Nell'atrio, vidi delle persone che disponevano file di sedie, come se si stessero preparando per un incontro. Un cartello davanti all'ascensore annunciava:

VEGLIA A LUME DI CANDELA STASERA

UNITEVI A NOI, QUESTA SERA ALLE 20:00,
PER UNA VEGLIA A LUME DI CANDELA IN ONORE
DEI VOSTRI VICINI DELL'ARCANUM
CHE SONO DI RECENTE DECEDUTI
O CHE SI TROVANO IN OSPEDALE.

FREDERICK FRIZZELL
PRESIDENTE, CONSIGLIO AMMINISTRATIVO DELL'ARCANUM

Ero contenta di sapere che qualcuno con una posizione ufficiale si interessasse a Kermit, Serenity, Young-Jae e Oskar... visto che a Delores ovviamente non importava nulla.

Capitolo 40

Il mio primo pensiero quando superai la porta del nostro appartamento fu che fossimo stati rapinati. Tutte le porte degli armadi erano aperte, e tutti i cassetti erano stati tirati fuori. Alcuni erano addirittura sul pavimento.

Il mio secondo pensiero fu che fossimo stati colpiti da un tornado. Perché tutto il contenuto degli armadi e dei cassetti era sparso sul pavimento.

Esclusi per primo il tornado. Non avevo sentito nessun allarme, e a parte tutto era improbabile che un tornado avesse attraversato il nostro appartamento senza danneggiare il resto del palazzo.

Il vero colpevole se ne stava nel soggiorno.

Heck aveva l'aria di un pazzo intento in una caccia al tesoro. Mentre lo guardavo, rovistò nell'armadietto della TV, sotto il divano, e persino dietro i libri sulle mensole.

«Non possiamo andare alla veglia a lume di candela senza le candele» disse lui. «Hai idea di dove potremmo tenerle?»

«No» gli risposi. «Hai chiesto a Bizzy?»

«Mi sta aiutando a cercarle».

Trovai Bizzy in cucina, dove stava tirando fuori i barattoli dalla dispensa uno alla volta, disponendoli in ordine sul bancone.

«Ne hai trovate?» chiesi.

«Trovato cosa?» disse lei.

«Candele».

Bizzy fissò la lattina di zuppa al pomodoro che teneva in mano e poi scoppiò a ridere. «Mi ero completamente scordata di quello che mi aveva chiesto di fare Heck. Ma lo sapevi che alcune di queste hanno superato la data di scadenza?»

Anche alcuni dei nostri vicini hanno superato la data di scadenza, pensai.

Nell'altra stanza, Heck urlò: «EVVAI!» e un attimo dopo entrò in cucina scivolando sui calzini. Spingendo via le lattine di Bizzy, depositò una serie di oggetti sul bancone della cucina.

«Non ho trovato nessuna candela, ma ho un'idea che potrebbe essere ancora meglio» annunciò. «Ho trovato questa bottiglia nel bidone della raccolta differenziata. Possiamo riempirla con il liquido per accendini che ho trovato nel ripostiglio degli attrezzi. A quel punto non ci resta che infilare questo straccio nella bottiglia per creare uno stoppino. Lo accendiamo, *et voilà*! La lampada a olio è servita!»

Lo fissai con orrore. Mi aspettavo che Bizzy lo fermasse, ma si limitò ad annuire. «Nel corso di antropologia che ho seguito da matricola, ho imparato che l'essere umano ha creato semplici lampade come questa per migliaia di anni».

Adesso ne avevo davvero abbastanza.

«Ma siete impazziti tutti e due?» chiesi. «Quella non è una lampada: è una bomba Molotov! Se la portiamo di sotto, diamo fuoco a tutto l'edificio».

Mentre Bizzy e Heck cercavano su Google *bomba Molotov*, diedi un'ultima occhiata in giro in cerca di candele. Nel caminetto polveroso dentro lo studio di papà, trovai un'enorme candela con quattro stoppini: uno per ogni vittima di avvelenamento.

La strinsi con entrambe le braccia, la sollevai e la portai in cucina. Heck e Bizzy stavano leggendo da cima a fondo l'articolo di Wikipedia sulle bombe Molotov.

«Mi sa che avevi ragione, Minerva» disse Heck. «Una bomba Molotov non è la cosa migliore da portare a una veglia a lume di candela. È più una sorta di arma».

«Non ci posso credere che abbiate dovuto leggere tutta quella roba per capire che avevo ragione» gli dissi. «Per fortuna ho trovato una candela che farà al caso nostro».

«Mi ricordi di nuovo a cosa ci serve la candela?» chiese Bizzy.

Capitolo 41

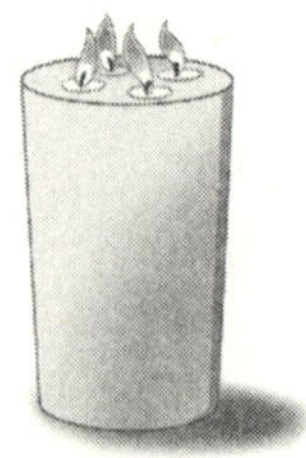

Pareva che l'intero condominio si fosse riversato nell'atrio per la veglia. Le sedie erano tutte occupate, così rimasi in piedi sul retro, sudando sotto il peso della candela, grossa quanto un ceppo da caminetto. La gente mi lanciava occhiatacce, perché ora che tutti e quattro gli stoppini erano accesi, faceva un odore di caramella al cocomero.

Tutti gli altri reggevano in mano delle piccole candele bianche che erano state distribuite da un volontario. Heck e Bizzy ne avevano presa una a testa e ora fingevano di non conoscermi.

Come facevamo a sapere che avrebbero fornito loro le candele?

Delores DeWitt era seduta quasi in prima fila. Siccome stavo in piedi, riuscivo a vedere che la luce che le rischiarava il volto non veniva da una candela: veniva dallo schermo del suo telefono. E riuscii *anche* a vedere che stava scrollando Etsy.

Era così annoiata che stava facendo shopping!

Alle otto in punto, mise via il telefono e si alzò di fronte a un tavolo con sopra delle foto incorniciate di Kermit, Serenity, Young-Jae e Oskar.

«Molti di voi si sono lamentati con me dei recenti avvelenamenti» disse alla folla. «E lo capisco: siete preoccupati per le vostre vite... e per i valori dei vostri immobili».

Delores era stata la principale di Oskar per anni, ma non sembrava affatto abbattuta. Sembrava una preside che rimbrotta gli studenti per la loro condotta. Poi mi avvistò e la sua voce divenne super drammatica.

«Ricordatevi che l'assassino potrebbe essere qualcuno che non vi aspettereste mai, persino qualcuno dall'aria innocente quanto una scolaretta» disse, fissandomi dritta negli occhi. «Perciò, finché non lo becchiamo, state all'erta. Segnalatemi chiunque vediate ficcanasare in giro o fare qualsiasi cosa di sospetto. E chiudete *sempre* a chiave le porte!»

Iniziai a dimenarmi notando che la gente mi occhieggiava. Delores mi aveva praticamente accusato!

Poi Fred Frizzell, il presidente del condominio, si alzò in piedi. I suoi occhi tristi e il volto baffuto mi ricordarono quelli di una foca allo zoo di Lincoln Park.

«Vogliate unirvi a me in un minuto di silenzio per i nostri vicini» disse Fred solennemente.

Mentre tutti gli altri abbassavano il capo, io osservai le fotografie sul tavolo, pensando a quanto fosse strano vederli tutti sorridenti e felici. Probabilmente ero l'unica nell'intero atrio ad avere gli occhi aperti... il che fu un bene, perché vidi che Delores se la stava battendo!

Diedi di gomito a Heck, che aprì gli occhi.

«Dob-bia-mo se-guir-la» scandii muovendo solo le labbra.

Non dovetti dirglielo due volte. Lasciando lì Bizzy, che aveva ancora gli occhi ben chiusi, attraversammo la folla in punta di piedi sulla scia di Delores.

Certo, *poteva* darsi che si fosse allontanata perché si annoiava... ma se invece Delores fosse stata l'assassina? Con tutti quanti radunati nell'atrio, per lei sarebbe stato semplice predisporre il veleno per la sua prossima vittima.

Sempre che non riuscissimo a fermarla.

Osservammo Delores che si affrettava a imboccare il corridoio sul retro. Prima di seguirla, spegnemmo con un soffio le candele. Non potevamo lasciare che vedesse la loro luce fioca, e nemmeno permettere che l'odore di caramelle al cocomero ci tradisse.

Sbirciando dietro l'angolo, vedemmo Delores superare furtivamente il suo ufficio con passi lunghi e cauti, come se stesse cercando di essere il più silenziosa possibile. Avevamo entrambi il collo che sporgeva da dietro l'angolo, quando all'improvviso lei si fermò e si voltò.

Heck e io ritirammo le teste il più rapidamente possibile.

«Pensi che ci abbia visti?» sussurrò Heck.

«Nel caso, lo sapremo tra un minuto» mormorai in risposta.

Ma Delores non tornò indietro per trovarci.

Quando sbirciammo di nuovo, era in fondo al corridoio, e stava aprendo le enormi porte del nostro montacarichi. Avevano l'aria di essere bloccate. Poi, all'improvviso, rischiò quasi di cadere in avanti quando le porte si aprirono di scatto.

Entrò e scomparve.

Capitolo 42

«Delores è proprio furba» disse a Heck mentre ci affrettavamo verso la fine del corridoio. «Cattiva, ma furba».

I numeri sul montacarichi aumentavano mentre Delores saliva: *2… 3… 4…*

«In che senso?» chiese Heck.

«Sa bene che questo è il momento migliore per un crimine, visto che nessuno può vederla…»

«Tranne noi» disse Heck.

5… 6… 7…

«… e ha ricordato a tutti di chiudere a chiave le porte, quando è proprio *lei* l'unica ad avere accesso a tutti gli appartamenti del condominio!»

«Spaventosamente geniale» confermò Heck. «Ma dove sta andando?»

Il montacarichi continuava a salire sotto i nostri occhi: *8*... *9*...

Finalmente si fermò al 10. Stava prendendo di mira qualcun altro sullo stesso piano del signor Park!

Spinsi il bottone e il montacarichi iniziò a scendere. Il palazzo era così silenzioso che riuscivamo a sentire la voce di Fred Frizzell riecheggiare dall'atrio. Il minuto di silenzio era finito.

«Mentre piangiamo la nostra condomina Serenity e il nostro dipendente Oskar, e preghiamo per la ripresa di Kermit e Young-Jae, tutti quanti amatissimi membri della nostra comunità, è importante che ce li ricordiamo in salute, allegri e vivi».

«Non la raggiungeremo mai» si lamentò Heck. «Questo montacarichi è lentissimo!»

Quando arrivò, ci affrettammo a entrare. Le porte si aprivano da sopra e da sotto, invece che dai lati, e la cabina in legno era abbastanza grande da poter trasportare un pianoforte a coda. Camminammo nervosamente in tondo, mentre salivamo fino al decimo piano.

Sulla balconata, le porte erano tutte chiuse e Delores non si vedeva da nessuna parte.

«Dev'essere in uno di questi appartamenti» dissi. «Forse si è dimenticata di richiudere la porta dietro di sé. Tu vai da quella parte, io vado di qua».

Mentre Heck si allontanava nella direzione opposta, io girai la maniglia della porta più vicina. Era chiusa a chiave e non si mosse nemmeno.

Molto più in basso di noi, le parole gentili di Fred Frizzell furono interrotte da un grido furioso.

«Siamo tutti molto tristi per Oskar e gli altri, ma chi ci pensa a noi? Chi sarà il prossimo a morire?»

Guardai oltre la ringhiera e vidi il culturista grosso e pelato che agitava il pugno contro Fred. Viveva su questo piano... Delores poteva trovarsi nel suo appartamento in quel preciso momento!

Fred gli rispose conciliante, probabilmente sperando che non esplodesse: «Questa è una veglia a lume di candela, non una riunione di condominio».

Mentre continuavo a girare maniglie, sentivo le discussioni che salivano dal piano terra.

«Non possiamo aspettare la riunione» disse l'energumeno. «Domani su quel tavolo potrebbe starci la mia foto!»

«Ti abbiamo votato come nostra guida, Fred, e allora guidaci» lo rimproverò una donna, che dalla voce sembrava la gentile vecchina che aveva comperato i biscotti di Heck.

«Per cortesia, calmatevi!» implorò Fred, come se la folla stesse brandendo torce e forconi invece che semplici candele. «Il detective che sta seguendo il caso mi assicura che ci stanno lavorando i suoi agenti migliori».

Ero anche io tra i 'detective migliori' del detective Taylor? Continuai a provare le maniglie in maniera forsennata, correndo da una porta all'altra, ma per il momento erano tutte chiuse.

Dov'era Delores DeWitt?

Molto più in basso, sentii le sedie strisciare mentre le persone iniziavano a disperdersi. La veglia si era conclusa.

Heck e io stavamo per incontrarci davanti all'ascensore regolare. Ancora nessun segno di Delores. Sul mio lato rimaneva un solo appartamento da controllare: il 1002.

Quello del signor Park.

Fui quasi tentata di saltarlo, visto che lui era già in ospedale con la vita appesa a un filo. Ma una vera detective non lascia nessuna pista in sospeso. Heck mi raggiunse proprio quando arrivai lì davanti.

Ma prima che riuscissi ad allungare la mano, la maniglia si mosse da sola. La porta si spalancò e ne uscì Delores DeWitt. Ci fissò con un ghigno malvagio.

«Beccati!» disse.

DOSSIER

Nome: Delores DeWitt

Occupazione:
Amministratrice del condominio

Relazione con il caso: Lei sospetta di me... e io sospetto di LEI!

Capelli: Color topo

Occhi: Piccoli, strabici e sfuggenti

Età: Più vecchia dei miei genitori, più giovane dei miei nonni. (Comunque vecchiotta.)

Segni particolari: La sua voce è come carta vetrata su una lavagna. Ha due nei pelosi e orripilanti sulla faccia... bleah!

Personalità: INopportuna, INsopportabile, e INCAPACE di migliorare

Destinatario assente

Abitudini, comportamento e talenti speciali:
Drogata di shopping online. Ossessionata da eBay ed Etsy.

APPUNTI DELLA DETECTIVE:
Delores DeWitt dovrebbe fare in modo che tutto fili liscio nel nostro condominio, tenendolo sempre pulito, sicuro e funzionante.

In verità però passa tutto il suo tempo a spaventare i bambini, a dare calci ai cani e a distillare veleni. (Di queste cose non ho la prova... ma prima o poi L'AVRÒ.) Di sicuro non le piacciono i bambini. O il divertimento. O i bambini che si divertono.

Non ho mai conosciuto Delores da bambina (visto che non ho cinquant'anni), ma se l'avessi conosciuta, non saremmo mai state amiche. Perché sono sicura che anche da bambina non le piacevano i bambini. Probabilmente era una leccapiedi degli adulti e spifferava tutto quando gli altri bambini facevano qualcosa di male.

Io lo so, che Delores è colpevole.

MA COME LO DIMOSTRO???

Capitolo 43

«Sta scherzando? Siamo *noi* che abbiamo beccato *lei*!» dissi a Delores.

«A fare che?» chiese con tono innocente. «A controllare che il rubinetto del gas e quello dell'acqua fossero chiusi in un appartamento vuoto? Perché sapete... quello è il mio *lavoro*».

«Stava cercando di coprire le sue tracce» insistei, pur sapendo che la squadra della Scientifica del detective Taylor aveva già setacciato l'appartamento in cerca di prove.

«E *voi* stavate commettendo un'effrazione» replicò Delores. «Cosa che potrete spiegare alla vostra stupida cugina... e alla polizia».

Chiuse la porta del signor Park con una chiave attaccata a un anello grande quanto il ferro di un piccolo canestro. Poi ci scortò fin dentro l'ascensore. Un gruppetto di persone ne uscì mentre ci arrivavamo davanti, ma stavano discutendo e non sembrarono quasi fare caso a noi.

Al secondo piano, Delores bussò seccamente alla nostra porta e aspettò che Bizzy rispondesse.

«Tutto a posto?» chiese nostra cugina vedendoci. «Ho aperto gli occhi ed eravate scomparsi».

«Questo perché i piccoli delinquenti stavano cercando di forzare l'appartamento di Young-Jae Park!» disse Delores, con tono trionfante.

Bizzy spalancò gli occhi. «È vero?»

«Be', tecnicamente...» iniziò Heck.

«NO!» gridai io.

«Presenterò una denuncia ufficiale, visto che sono una testimone» disse Delores. «Mi sembri proprio una tutrice pietosa, ma spero che almeno tu sia in grado di tenerli fuori dai guai finché non arriverà la polizia a interrogarli».

Bizzy aveva l'aria ancora più confusa del solito. Fissò Heck, poi me, poi Delores, chiaramente indecisa su come reagire.

«Lo farà» risposi per lei. «Non è vero, Bizzy?»

«Immagino di sì» disse mia cugina piano.

Quando Delores si voltò e se ne andò, ci sono buone probabilità che io abbia fatto una smorfia che di sicuro mi avrebbe procurato una sospensione a scuola.

Bizzy ci seguì dentro casa e chiuse la porta. «Che cosa è successo?»

«Delores ci ha teso una trappola» dissi, furibonda con me stessa per esserci cascata. «O ci ha visti dietro di lei, o ha sentito l'odore della mia stupida candela. Poi ha aspettato che la raggiungessimo».

«Forse, dopo essere uscita dal montacarichi, ha notato che è tornato giù e ha capito che la stavamo seguendo» suggerì Heck.

Schioccai le dita. «Poi si è nascosta nell'appartamento del signor Park, così che non potessimo capire quale sarà la sua prossima vittima».

Bizzy si sedette sulla panca di fianco alla porta d'ingresso, si tolse una scarpa e la fissò. «Continuo a non capire».

«Penso che Delores DeWitt sia l'assassina» le dissi.

«Hai qualche prova di quello che dici?» chiese Bizzy.

«Era proprio quello che stavamo cercando» disse Heck.

«Ma adesso sembrate colpevoli anche voi» disse Bizzy, rimettendosi la scarpa e allacciandola, come se si fosse scordata di essersela appena sfilata. «Non dovreste mai infrangere le regole per beccare qualcuno che ha infranto le regole».

«Nemmeno se è questione di vita o di morte?» chiesi io.

«Questa mi sembra proprio una domanda per i filosofi, come tua mamma» disse lei. «Mi sa che dovrei chiedere ai vostri genitori come vogliono che io gestisca questa situazione».

«Oppure potresti aspettare un pochino, finché le acque non si calmano» proposi.

Heck mi diede un'occhiata ansiosa. I nostri genitori non amano ricevere cattive notizie mentre sono in viaggio.

Bizzy scosse la testa. «Adesso li chiamo. Quando mi hanno chiesto di tenervi d'occhio, non mi sarei mai aspettata che poteste finire davvero nei guai!»

Capitolo 44

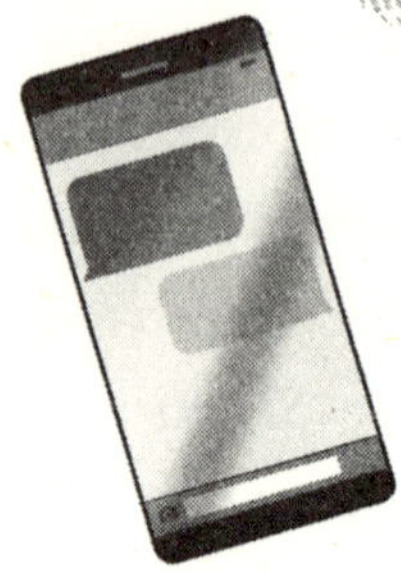

«*In castigo?* Ma in che senso siamo in castigo?» chiesi.

Heck e io ce ne stavamo sulla soglia delle nostre rispettive camere, fissando il telefono tra le mani di Bizzy. La faccia furibonda di papà ci guardava con disapprovazione dal piccolo schermo. Dopo che Bizzy gli aveva detto del pasticcio con Delores, lui non ci aveva pensato due volte prima di punirci.

Non potevo crederci. Non eravamo *mai* finiti in castigo prima. Pensavamo fosse qualcosa che poteva capitare solo ai bambini dei film e dei libri.

«E quindi, come funziona?» chiese Heck. «Dobbiamo solo… starcene in casa?»

«Non voglio che mettiate piedi fuori dall'appartamento per le prossime ventiquattr'ore» disse papà.

«Tranne che per la scuola, chiaramente» dissi io.

Ma lui scosse il capo. Credo di non averlo mai *visto* così arrabbiato. «Ve ne starete entrambi a casa domani, e studierete con Bizzy. Ho già ricevuto un'e-mail da Delores in cui spiega che avete fatto intrusione nell'appartamento di un altro condomino, e che intende sporgere denuncia alla polizia. È grave, Minerva».

«Ma è una follia totale!» disse Heck.

Sbucò la faccia di mamma, che doveva aver preso il telefono dalle mani di papà. «Bambini, questa storia di fare i detective vi sta sfuggendo di mano. Insomma, credete *davvero* che la nostra amministratrice di condominio sia un'assassina?»

«Quando farà fuori qualcun altro, allora, non venite a lamentarvi!» urlai.

«Non uscite di casa finché non abbiamo deciso come procedere» disse papà, riprendendosi il telefono. «E ricordatevi: mentre noi siamo via, è in carica vostra cugina. La sua parola è legge».

Lo schermo divenne nero, aveva chiuso la chiamata.

Bizzy rimase ferma in corridoio, con lo sguardo avvilito.

«Mi dispiace, ragazzi» disse. «Sono triste quanto voi. Ma credo vi convenga fare come dicono i vostri genitori».

Heck chiuse lentamente la porta di camera sua.

Io feci sbattere la mia.

Bizzy era sempre stata più una sorella maggiore che una babysitter. Per la maggior parte del tempo, mi sento come se fossi io a tenere d'occhio *lei*. Ma adesso era la nostra carceriera... e noi i suoi prigionieri.

Afferrai il telefono e messaggiai mamma e papà, sommergendoli di emoji furibonde. Tutti quanti ci trattavano come se fossimo solo due stupidi ragazzini, quando eravamo gli unici a renderci conto di quello che stava succedendo!

Attraverso la grata di aerazione sentii picchiettare sui tasti del computer. Heck era online. Mi tuffai sul mio letto in modo da potergli parlare.

«Si aspettano che passiamo tutto domani con Bizzy?» brontolai. «Mentre siamo chiusi in casa, Delores potrà andarsene in giro e avvelenare tutta la gente che vuole».

La voce di Heck sembrava distratta. «Non ti preoccupare».

«Scusa in che senso, non ti preoccupare?»

«Di' a Santos di fingersi malato o qualcosa del genere e di venire qui da noi domattina» disse. «Ho un piano. Ora lasciami un momento, che preparo uno spuntino di mezzanotte per tutti e due».

«Non voglio uno spuntino» gli dissi, ma era già uscito da camera sua. Sentivo i suoi passi nel corridoio.

Come poteva anche solo pensare al cibo, in una situazione del genere?

Capitolo 45

QUANDO MI SVEGLIAI, VENERDÌ MATTINA, MI SENTIVO la pancia dura e tonda come un cocomero: anzi, sembrava che io avessi *inghiottito* un cocomero. Facevo fatica anche solo a muovermi senza avvertire fitte di dolore. Era così che ci si sentiva a essere avvelenati?

Heck aprì la porta di camera mia. Aveva i capelli sparati in tutte le direzioni, come se qualcuno gli avesse sfregato un palloncino in testa.

«Come ti senti?» mi chiese.

«Come se stessi per esplodere» gli dissi io.

«Ottimo» commentò.

Lo 'spuntino di mezzanotte' di Heck si sarebbe potuto definire piuttosto l'ultimo pasto di due condannati a morte... a patto che il metodo di esecuzione scelto fosse proprio il cibo. Quel banchetto a tre portate era stata la cosa peggiore che lui avesse mai preparato in tutta la sua vita.

Grossi pezzettoni di broccoli e di cavolfiore crudo.

Scodelle di tripla fagiolata a base di fave, fagioli bianchi e fagioli borlotti poco cotti.

Secchiate di frullato al cavolo cappuccio, rucola e verza.

«Sei pronta?» chiese Heck.

«Spero solo che non faremo del male a noi stessi» dissi io. «O a qualcun altro».

Mi tirai giù dal letto, con la sensazione che il cocomero potesse esplodere attraverso il mio didietro da un momento all'altro. Mentre attraversavamo il corridoio, la mia pancia emise uno strano suono rimbombante, come di un demone che canti gli jodel nella sua caverna in fondo a un vulcano.

Heck mi lanciò uno sguardo dietro le spalle e sogghignò.

Bizzy era già sveglia e stava studiando nel soggiorno. Il suo portatile, i libri e gli appunti ricoprivano tutto il tavolo.

«Oggi devo chiedervi di essere davvero silenziosi, ragazzi, perché ho un'importante scadenza per la tesi proprio domani» disse lei. «Ho veramente tanto bisogno di concentrarmi».

«Ma certo» la rassicurai.

Heck e io ci avvicinammo al tavolo come se stessimo stringendo delle patatine tra le chiappe e facessimo di tutto per non romperle. La pressione che mi comprimeva la pancia era lancinante.

La notte prima, Heck aveva fatto qualche ricerca su quali cibi creassero più gas nell'intestino, e a quanto pareva era riuscito nel suo intento. Eravamo pronti a scatenare la più grande tempesta di scoregge che si fosse mai sentita a Chicago.

Quando l'aria divenne irrespirabile grazie a un aroma di uova marce e formaggio stagionato, capii che Heck ne aveva già liberata una... silenziosa ma letale.

Bizzy arricciò il naso ed emise un suono strozzato. «Cavolo. Chi è stato?»

«Scusami» disse Heck. «Ho la pancia in subbuglio. Forse perché sono *così* preoccupato all'idea di perdermi la giornata di scuola».

Poi toccò a me: ne rilasciai una lunga, sottile, inesorabile, che durò trenta secondi buoni e suonò come qualcuno che cercasse di suonare la tromba con un tubo di gomma.

Parparaparparapa! Parparaparparapa!

Non credevo neppure che fosse possibile rimanere nauseati dalla puzza di una propria scoreggia, ma a quanto pareva lo era: l'odore di gas palustre e carogna in putrefazione mi fece quasi vomitare, con la conseguenza che scoreggiai di nuovo. Questa però uscì a raffica, come spari di mitraglia, uno più puzzolente dell'altro.

BLATBLATBLATBLATBLATBLATBLAT!

Adesso Heck ci stava davvero dando dentro. Quasi decollò dalla sedia, spinto dai suoi stessi gas, mentre sparava una salva di bombette puzzolenti disgustosamente umide.

Blert. BLAT. BlipBLIPblipBLIPblipBLIP. FWOSH!

«ACCIDENTI, RAGAZZI!» strillò Bizzy, allontanandosi dal tavolo così in fretta da far cadere la sedia all'indietro. Corse alla finestra più vicina, la spalancò e cacciò la testa fuori. Le sue spalle si sollevarono mentre aspirava avidamente l'aria pulita.

La seguimmo, senza mostrare alcuna pietà. Non pensavo di avere ancora qualcosa in pancia, ma Heck, il gourmet del gas, si era superato, e sembrava ormai che le nostre scoregge non avessero fine. Non avevamo solo alzato un venticello, era un vero e proprio tornado!

«Mi dispiace tanto!» dissi a Bizzy. «Mi sa che siamo entrambi un po' giù».

«Sarà stato qualcosa che abbiamo mangiato» disse Heck, cercando di non ridere.

«Allontanatevi da me!» strepitò, rifugiandosi in camera sua e chiudendo la porta.

L'aspettammo al varco, con le narici in fiamme e gli occhi annebbiati dalla nube di gas tossici.

Flerb. Blort! BLAT. Porp. FLEBLEBLEBLEB!

Bizzy uscì di nuovo, ormai nel panico, e gridò: «LE SENTO DAPPERTUTTO!»

Tossendo e quasi strozzandosi, incespicò fino al tavolo e iniziò a ficcare libri e appunti nello zaino.

«Non posso restare qui!» annunciò afferrando la giacca. «Non riuscirei a combinare nulla. Non dite ai vostri genitori che sto uscendo, *vi prego*. Spero vi riprendiate ma... mio Dio, *che schifo*!»

Bizzy scappò di corsa, e di colpo ecco: eravamo soli.

Heck sghignazzò e mi diede il cinque, mentre entrambi ne facevamo un'altra.

Flubflubflubflubflubflubflub.

Sembrava il prodotto di una puzzola che non avesse mangiato altro che frullati al cavolo cappuccio, rucola e verza.

«E adesso come le fermiamo?» chiesi, pinzandomi le narici con le dita.

«Non possiamo» disse Heck allegro. «L'unica è aspettare che finisca il carburante».

«Sarà meglio aprire qualche finestra, allora» dissi io.

Poi il mio telefono vibrò: era un messaggio del detective Taylor.

Dobbiamo parlare.

Capitolo 46

«DICHIARO APERTA UNA NUOVA SEDUTA DEL CLUB dei Detective» annunciai, aprendo il taccuino e facendo scattare la penna.

Heck, Santos e io eravamo seduti a un tavolo in un angolo dell'Elegant Grind. Santos era uscito di scuola telefonando e fingendosi suo padre. Era stato facile, ci aveva raccontato: dal momento che il signor Salgado era ancora più silenzioso di suo figlio, in segreteria non avevano idea di come suonassero entrambe le loro voci.

«Perché la seduta non la facciamo a casa vostra?» chiese Santos.

«È in corso un intervento di bonifica» rispose Heck.

«Ascolta» dissi io. «Ieri, Delores ci ha teso una trappola. Adesso tocca a noi mettere in trappola lei. Ma dobbiamo sbrigarci, perché il detective Taylor pensa che siamo a scuola, perciò abbiamo tempo solo fino a fine giornata».

C'era un altro motivo per cui dovevano sbrigarci: avevo di nuovo bisogno di far uscire un po' d'aria, e non volevo farlo dentro al locale, dove tutti avrebbero capito che ero stata io.

«Che genere di trappola?» chiese Santos.

«L'aspetteremo fuori dal suo ufficio e la seguiremo. Quando prova ad avvelenare qualcuno, useremo i telefoni per registrare le prove che servono al detective Taylor per chiudere il caso».

«Non ci beccherà di nuovo?» chiese Heck.

«Pensa che siamo in castigo, quindi non si aspetterà nemmeno di vederci» gli spiegai.

Santos aveva un'espressione come se le parole che stava per dire rischiassero di fargli male alla bocca, ma le disse lo stesso: «Certe volte è meglio avere paura».

«Che intendi dire?» chiesi.

«Ti rende più cauto» disse lui. «Penso che andrà meglio se ci dividiamo e ci nascondiamo».

Quando ebbe spiegato tutto, ammisi che aveva ragione. Il suo piano era il migliore. Forse utilizzava tutto il tempo in cui non parlava per pensare più degli altri. O forse se ne stava sempre zitto per non far capire a tutti quanto fosse sveglio. A ogni modo, ero felice che stesse dalla nostra parte.

Quando lasciamo il caffè, Heck e io scoreggiammo così forte che Santos fece uno scatto fino a metà dell'isolato.

Una volta tornati all'Arcanum, Heck si nascose in un ripostiglio delle scope vicino alla porta sul retro, nel caso in cui Delores avesse cercato di svicolare da lì. Aveva talmente tante cose nello zaino che sembrava stesse andando in campeggio: coperta e cuscino, un pranzo al sacco gourmet, delle cuffie con cancellazione del rumore e il Nintendo Switch.

«Cerca di non distrarti troppo» lo avvisai.

«Tranquilla» disse lui. «Se mi scappa, la riprendo subito con lo skateboard».

Santos si nascose in un angolo in penombra del salone, sprofondando in una poltrona in pelle da cui poteva tenere d'occhio sia la lobby, sia il portone d'ingresso. Heck gli aveva dato una GoPro con supporto manuale, in modo che potesse registrare tutto come una videocamera di sicurezza.

«Non metterti troppo comodo, che poi ti addormenti» gli raccomandai.

«Sono troppo nervoso per dormire» replicò lui.

Presi l'ascensore nell'atrio e arrivai fino in cima.

Dal dodicesimo piano vedevo le porte di tutti gli appartamenti, tranne che l'attico, là sul tetto.

Quando Delores fosse salita in ascensore, avrei

visto con precisione a che piano sarebbe andata e in quale appartamento sarebbe entrata.

Tutti pronti? scrissi nella chat di gruppo. Avevamo messo tutti i telefoni con la vibrazione, in modo che non potessero sentirci.

PRONTO, rispose all'istante Santos.

Mio fratello non rispose.

Heck, ci sei??? riprovai.

Rispose qualche istante dopo. **Scusate. Dovevo distruggere Wario.**

Non sapevo come facesse Heck a essere così rilassato, quando io faticavo a trattenermi dal passeggiare nervosamente. Feci il giro della balconata senza mai distogliere gli occhi dalla porta dell'ufficio di Delores. Era arrivato il momento di porre fine al suo regno di terrore.

Il mio cuore batteva all'impazzata.

Ma ero determinata. Ero entusiasta. Ero pronta all'azione.

Ero...

Capitolo 47

ERO... ANNOIATA A MORTE!

Nelle serie TV, i detective se ne stanno appostati in macchina, a bere caffè e mangiare schifezze, finché non succede qualcosa di emozionante, ma le parti noiose vengono sempre tagliate.

Per il momento, sembrava che il nostro appostamento consistesse *solo* delle parti noiose. Era davvero questo il lavoro del detective Taylor?

L'unica notizia positiva è che finalmente avevo esaurito le scoregge.

Più o meno, insomma.

Ero convinta che Delores avrebbe iniziato la sua giornata lavorativa avvelenando subito qualcuno, ma per il momento non aveva ancora neppure messo il naso fuori dal suo ufficio. La cosa più emozionante cui avevo assistito erano stati gli addetti alle pulizie che si occupavano di sistemare la lobby, ancora ridotta male dopo la recente veglia. Marciavo avanti e indietro mentre loro piegavano e impilavano le sedie e raccoglievano mozziconi di candele e volantini appallottolati.

Lasciarono sul tavolo le fotografie di Kermit, Serenity, Young-Jae e Oskar. Poco prima, quella mattina, avevo visto che il vetro della cornice di Kermit si era crepato quando qualcuno l'aveva fatta cadere. Ma la foto ancora resisteva... proprio come Kermit.

Qualcuno di voi ha visto niente? scrissi agli altri due membri del Club dei Detective.

Santos ci mandò una GIF con un qualche comico che scuoteva la testa: **NOPE**.

Heck mandò un file video. Lo aprii e premetti play. Iniziava con una ripresa del vicolo ad altezza sorcio... poi Heck sfrecciò sullo skate verso la fotocamera del telefono, come se avesse intenzione di frantumarla passandoci sopra. All'ultimo momento, però, eseguì un ollie e ci volò sopra.

Gran trick! scrisse Santos.

Ma tu non dovresti tenere d'occhio l'uscita sul retro? scrissi io.

Faceva troppo caldo nel ripostiglio, rispose Heck. **Ma non ti preoccupare, se esce dall'ufficio la vedo. Qualcuno vuole giocare ad Among Us?**

OK, rispose Santos.

Una partitina non avrebbe fatto male a nessuno, riflettei. Diedi un'occhiata verso il basso prima di rispondere. Quello che vidi per poco non mi fece cadere il telefono giù dalla balconata.

Delores si stava muovendo!

Capitolo 48

Accucciandomi in modo che Delores non mi vedesse, la seguii con lo sguardo attraverso gli spazi nella ringhiera della balconata del dodicesimo piano.

È uscita dal suo ufficio, scrissi. **Sta attraversando la lobby.**

Verso dove??? volle sapere Heck.

Non lo sapevo. Andò verso l'ascensore… poi lo superò senza fermarsi. Quando compresi la sua destinazione, scrissi un aggiornamento.

Verso il bagno. Meglio che tu la segua, giusto per sicurezza.

Il bagno delle DONNE??? chiese Heck.

Chi, IO? chiese Santos.

Potrebbe essere lì per creare nuovi veleni nel lavandino! risposi.

Santos la seguì, devo dargliene atto. Lasciando il suo nascondiglio, avanzò di soppiatto lungo l'atrio.

Anche se la sua faccia era grande come una mia unghia, avrei potuto giurare di vederlo deglutire.

Si fermò davanti al bagno delle donne e accostò l'orecchio alla porta. Poi si girò e scappò via come se gli avessero dato fuoco.

Che è successo?!? scrissi.

Lui non rispose.

Molto più in basso di me, Delores uscì dal bagno e si guardò intorno con aria circospetta… poi di colpo allungò il collo e guardò verso l'alto.

Io mi nascosi, appiattendomi a terra. Aveva capito che la stavamo spiando di nuovo?

Finalmente, il mio telefono vibrò.

Ho sentito lo sciacquone, scrisse Santos. **Non penso abbia ucciso nessuno, là dentro, ma ha comunque fatto qualcosa di molto brutto.**

COSA? domandò Heck.

Non si è lavata le mani.

CHE GENERE DI MOSTRO NON SI LAVA LE MANI DOPO ESSERE ANDATO AL GABINETTO?!? chiese Heck, che sembrava avesse qualche problema con il caps lock.

Non ebbi il tempo di rispondere, perché Delores era di nuovo in movimento e non volevo perderla di vista. La osservai allontanarsi dal bagno, entrare in ascensore e iniziare a salire.

Ero allo scoperto, facile da individuare come un ragno in una vasca da bagno. Se fosse arrivata fino al mio piano, mi avrebbe vista. Proprio come un ragno in una vasca da bagno, iniziai a correre impotente avanti e indietro.

Per fortuna, l'ascensore si arrestò al decimo piano.

Era quasi esattamente sotto di me. Mi spostai carponi sull'altro lato della balconata, finché non riuscii a vederla di nuovo. Delores DeWitt si era fermata davanti all'appartamento 1002.

Quello del signor Park.

Di nuovo.

Perché continuava a tornare sulla scena del crimine?

Delores sollevò il suo enorme anello portachiavi e lo passò in rassegna fino a trovare la chiave che le serviva. Dopo aver guardato da entrambi i lati, la inserì nella serratura, entrò e si chiuse la porta alle spalle.

Mi ero talmente sforzata di non farmi vedere, che mi ero del tutto scordata di registrare qualche prova.

È entrata nell'appartamento del signor Park, aggiornai il gruppo. **Le farò una foto appena esce. Santos, mi raccomando, falle un video mentre scende in ascensore e torna nel suo ufficio.**

Santos mandò un pollice.

E io che faccio? scrisse Heck.

Resta dove sei e non farti vedere da lei, gli dissi.

Lui rispose con un'emoji furibonda. Immagino fosse arrabbiato per essere rimasto escluso.

Presi l'ascensore fino al decimo piano e mi nascosi in un'alcova proprio in fondo al corridoio dove si apriva la porta del signor Park. Facendo sporgere il telefono da dietro l'angolo in modo che si vedesse solo la lente della fotocamera, iniziai a registrare un video.

Osservai la balconata vuota sul mio schermo per quello che mi parve un tempo infinito.

E quando Delores finalmente uscì, di colpo capii perché era tornata sulla scena del crimine.

Capitolo 49

Delores stava trasportando la bella scultura in bronzo del signor Park, quella che rappresentava la dea Giustizia. Sembrava *pesante* (la fece quasi cadere, nel chiudere la porta) e probabilmente valeva anche un botto di soldi.

La benda sugli occhi di Giustizia le impediva di vedere chi la stesse rubando. Ma io *sì* che lo vedevo. Continuai a riprendere mentre Delores chiudeva la porta a chiave e caricava il bottino in ascensore.

Sta scendendo! scrissi a Santos e Heck.

Mi arrischiai a dare un'occhiata dalla ringhiera e vidi Santos accucciato dietro una grossa pianta in vaso, che usava la GoPro per catturare una ripresa perfetta di Delores che scendeva. Si alzò per avere un angolo migliore quando lei attraversò l'atrio e accelerò diretta verso il suo ufficio.

Ma non si fermò lì. Proseguì verso il corridoio sul retro.

Viene verso di te, Heck! scrisse Santos.

Non appena Delores fu fuori dal mio campo visivo, presi a mia volta l'ascensore fino a giù. Santos mi venne incontro al piano terra e corremmo dietro a Delores. Heck non era nel suo ripostiglio. Ma la porta che dava sul vicolo era aperta. Sbirciammo fuori con cautela.

Delores era a tre metri di distanza e veniva dritta verso di noi!

Chiusi la porta, sperando che lei credesse fosse stato il vento. La sua chiave grattò nella serratura mentre noi correvamo via lungo il corridoio, attraverso l'atrio, fino ad arrivare al salone, dove ci nascondemmo dietro una grossa poltrona di pelle. Il nuovo portinaio non alzò nemmeno lo sguardo dall'inserto sportivo dello *Chicago Sun-Times*.

«Dove diamine è andato Heck?» sussurrò Santos.

Non ne avevo idea, ma qualche minuto dopo eccolo entrare dal portone d'ingresso sullo skateboard. Lo tirai nel salone così in fretta che lo skate proseguì da solo.

«Che è successo?» domandai.

Heck era sudato e scosso. «Delores ha portato quell'affare di bronzo nel vicolo, l'ha avvolto in un lenzuolo... e l'ha messo nel bagagliaio della sua auto!»

«Dimmi che le hai fatto un video» lo scongiurai.

Lui picchiettò la GoPro che portava legata alla testa. «Dall'inizio alla fine».

«Okay, controlliamo tutti i telefoni per essere sicuri di avere prove sufficienti» dissi io.

Ci sedemmo al tavolino da scacchi e spostammo i pezzi in modo da poter guardare le nostre riprese. La mia mostrava chiaramente Delores che portava via la dea Giustizia dall'appartamento del signor Park.

Il video di Santos la riprendeva scendere in ascensore e camminare verso il retro dell'edificio.

Heck l'aveva beccata mentre superava il ripostiglio delle pulizie e usciva dalla porta sul vicolo. La ripresa scivolò liscia mentre Heck andava verso il portone sullo skateboard, poi ebbe un sussulto improvviso quando lui andò a sbattere e cadde.

«Sono finito contro un calorifero» spiegò Heck. «Per fortuna, il tutore ha attutito la caduta».

Il video lo mostrò rialzarsi, affrettarsi a uscire e nascondersi dietro un cassonetto mentre Delores si avvicinava alla sua macchina. Era impossibile non notare la statua, anche mentre lei la nascondeva in un lenzuolo e la ficcava nel bagagliaio.

«Sono rimasto chiuso fuori quando lei è rientrata, ecco perché ho dovuto fare il giro del palazzo» spiegò Heck. «Ma ora abbiamo una perfetta sequenza di prove».

«Quindi avvelena la gente in modo da poter rubare in casa loro?» chiese Santos.

«Pare di sì» dissi io. «Quando la polizia controllerà il suo telefono e il suo computer, salterà fuori che sta vendendo tutto su eBay ed Etsy».

«Che tristezza» disse Santos.

«Decisamente» commentò Heck.

«Ma la buona notizia è che abbiamo appena messo termine alla sua carriera criminale» dissi io.

Poi udimmo la voce di Delores alle nostre spalle. «Eccoli qua, i piccoli manigoldi. Li arresti, agente!»

Capitolo 50

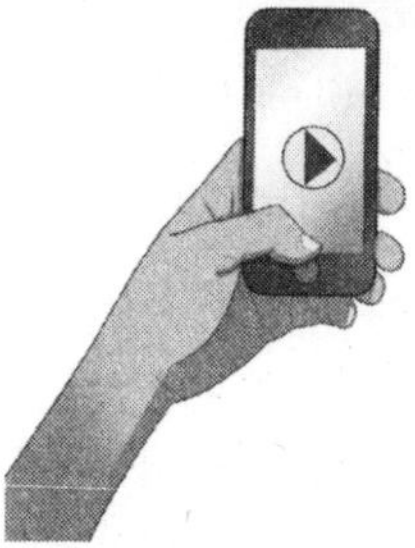

Il detective Taylor e Delores erano in piedi all'ingresso del salone. Eravamo stati talmente presi dai nostri video che non li avevamo neppure notati. Ma quello che notai fu che la cravatta del detective Taylor aveva l'aspetto di una macedonia pestata con un martello da fabbro.

«Questi sono i piccoli delinquenti che ho denunciato l'altra sera» gli disse Delores. «Stavo facendo un controllo di routine all'unità 1002 quando li ho sorpresi mentre tentavano di entrare».

L'espressione del detective Taylor era difficile da decifrare. Avrei tanto voluto credere che fosse disgustato da Delores quanto me. Ma sembrava piuttosto che fosse deluso da noi tre.

«Perché voi ragazzi non siete a scuola?» chiese.

Delores si intromise, felice che fossimo stati anche

beccati a marinare la scuola. «Probabilmente stavano pianificando di entrare in altri appartamenti. E perché no, visto che i loro pigri professori e la loro tutrice inetta non hanno la minima idea dei loro spostamenti?»

Stavolta non sapeva che l'avevamo seguita, quindi lasciai che desse aria alla bocca. Sarebbe stato ancora più dolce quando mi fossi girata e l'avessi coperta di ridicolo.

«È vero che dovremmo essere a scuola» confessai, mentre Delores sorrideva deliziata. «Ed è vero anche che io ed Heck siamo stati nell'appartamento del signor Park la scorsa notte. È talmente pieno di pezzi d'antiquariato preziosi e affascinanti che è quasi irresistibile».

Heck e Santos mi fissavano come se fossi uscita di testa. Quanto a Delores, sembrava sul punto di esplodere di gioia. Era chiaro che si aspettava di vederci arrestati, mentre lei l'avrebbe fatta franca con i suoi crimini.

Non aveva idea che stava per subire scacco matto.

«Mi stai dicendo che Delores ha ragione?» chiese il detective Taylor, con un'aria quasi sconvolta.

Scossi la testa. «Stavamo quasi impazzendo per capire perché Delores avesse potuto far del male a persone squisite come Kermit, Serenity, Oskar e Young-Jae.

Come ha detto anche lei, detective Taylor: *qual è il suo movente?* Be', adesso lo sappiamo».

Delores divenne prima bianca, poi grigia, infine verde, mentre noi, uno dopo l'altro, tiravamo fuori i telefoni per mostrare al detective Taylor i video.

E poi, uno dopo l'altro, prememmo play.

Capitolo 51

L'espressione di Delores quando il detective Taylor le fece scattare le manette ai polsi mi raggelò fin dentro le ossa. Se gli sguardi potessero uccidere, sarei stata un cadavere in più all'obitorio.

«Questa non la passerete liscia!» inveì. «Non avete idea di chi vi state mettendo contro, piccoli mostriciattoli! ME LA PAGHERETE!»

Mi si scagliò contro, arrivandomi così vicina che vidi i pezzetti di cibo nelle fessure tra i suoi denti giallastri. Ma proprio mentre faceva scattare il collo in avanti cercando di darmi una testata, il detective Taylor l'afferrò per le spalle e la tirò indietro.

«Cerchi di non peggiorare la sua situazione» le consigliò.

«Ma no, proceda pure» dissi io, anche se il cuore mi batteva così forte da farmi male alle costole.

Delores era diventata un lupo mannaro in pieno giorno. Gli occhi avevano un'espressione feroce, i capelli erano praticamente dritti mentre lottava con il detective Taylor.

Alla fine, torcendole il braccio, lui riuscì a farla girare e la scortò verso il portone d'ingresso.

«Venite, dovrò raccogliere anche le vostre deposizioni» disse rivolto a noi.

Prendemmo posto sul retro dell'auto del detective Taylor, mentre lui bloccava Delores nel sedile del passeggero con i polsi ammanettati dietro la schiena. Santos sembrava nervoso per essere seduto dietro di lei, soprattutto perché Delores continuava a girare la testa e a inondarci di saliva.

«Quando sarà tutto finito, spererete di non essere mai NATI!» strillò.

Heck iniziò a scattarle delle foto con i filtri di bruttezza di Snapchat e a mostrargliele.

«Una di queste sarà perfetta come foto segnaletica» le disse.

Questo sì che la zittì.

Alla centrale di polizia, il detective Taylor ci disse di aspettarlo alla sua scrivania mentre lui portava Delores oltre una porta con la targhetta che diceva INTERROGATORI.

«Posso guardare?» chiesi.

Lui scosse il capo. «Scusa, Minerva, ma non ho

voglia di dover spiegare a un giudice di come ho lasciato che una dodicenne facesse la poliziotta cattiva mentre raccoglievamo la confessione di una sospettata. Dobbiamo assicurarci che tutto questo regga, in tribunale».

In ogni caso, avevo già il mio bel da fare nel tenere Heck fuori dai guai. Aveva trovato lo spray al peperoncino del detective Taylor e stava progettando di brevettare un nuovo snack con un pacchetto di patatine che aveva comprato al distributore automatico.

«Li chiamerò Bocconcini Infuocati del Poliziotto» disse Heck, aprendo il pacchetto e preparandosi a spruzzare le patatine con un prodotto che andrebbe usato solo per l'autodifesa.

«Sei impazzito?» chiesi, togliendogli di mano lo spray e rimettendolo nel cassetto sotto la scrivania del detective Taylor. «Prima le bombe Molotov, e adesso questo. Non so davvero come tu sia arrivato vivo in quinta».

Heck si ficcò una patatina in bocca e la masticò mogio. «Mangiata così le manca proprio un po' di sapore».

Ci raggiunse Santos. «Quel tipo là dice che ci mostrerà qualche trucco di magia» disse.

Alzai lo sguardo. 'Quel tipo là' era Amazing Andy, che a quanto pare era stato arrestato di nuovo.

Il suo smoking era lacero e stropicciato, ma lui ci fissava come un cane che spera di ricevere un boccone.

«Non avvicinatevi troppo, se non volete trovarvi le

tasche vuote» li avvisai mentre correvano eccitati per lo spettacolo. Quanto a me, decisi di saltarlo.

Il detective Taylor non tornò per parecchio tempo. Pensai che ci stesse solo mettendo un po' a scrivere tutti i dettagli della confessione degli omicidi di Delores. Forse aveva avvelenato altre persone, oltre alle quattro di cui già sapevamo. Se lo faceva anche nel palazzo dove viveva, magari significava che avevamo appena fermato la più grande avvelenatrice di Chicago. O persino del mondo.

Quando finalmente tornò nello stanzone dei detective, mi aspettavo di vedergli un sorriso da orecchio a orecchio, visto che avevamo risolto il caso. Ma non sembrava affatto felice.

«Be', ha confessato tutti i furti» disse. «Ma insiste nel dire che non ha ucciso nessuno».

«Ma è colpevole!» dissi io. «Deve esserlo!»

Il detective Taylor si afflosciò sulla sedia. «Le abbiamo trovato la statua in macchina, proprio come avevi detto tu. E a casa sua, la mia squadra ha trovato oggetti di valore che appartenevano a Kermit e Serenity. La sua cronologia web dimostra che era attiva su diversi siti di e-commerce».

«Be', ma allora è fatta» dissi.

Lui scosse la testa «Non abbiamo trovato alcuna traccia dei veleni che ha usato. Posso accusarla di furto, ma non ho uno straccio di prova che sia un'assassina».

Capitolo 52

Non potevo credere alle mie orecchie.

Mi afflosciai sulla sedia accanto alla scrivania del detective Taylor e alzai lo sguardo sul suo volto stanco. Aveva l'aria di essere frustrato quanto me.

«Ma se è andata nei loro appartamenti dopo che sono stati avvelenati e ha portato via la loro roba!» dissi. «Non basta come prova?»

«Di certo non la mette in buona luce» rispose lui. «Ma lei sostiene di averli derubati solo perché era *capitato* che fossero avvelenati. Non abbiamo avuto il tempo di controllare se ci sia qualcosa che manca anche nell'appartamento di Oskar, ma sarei sorpreso se così fosse, visto che non viveva nel vostro palazzo e lei non aveva le chiavi del suo».

«E se avesse ucciso Oskar perché lui aveva scoperto quello che stava facendo?» chiesi.

«Possibile» ammise il detective Taylor.

«E se nessun altro viene avvelenato mentre lei è ferma qui, questo non proverà che è stata lei?»

«Non necessariamente» disse il detective Taylor. «Se il vero colpevole sa che Delores è una sospettata, potrebbe fermarsi proprio per farla sembrare ancora più colpevole. Oppure no. È anche possibile che ci siano altre vittime di cui ancora non siamo neppure a conoscenza».

Quel pensiero mi fece rabbrividire. Se Serenity non avesse raggiunto l'ascensore prima di collassare, nessuno avrebbe saputo che era stata avvelenata. Molti dei nostri vicini vivevano soli.

«Non dovremmo controllare in tutti gli appartamenti?» chiesi. «Giusto per essere sicuri che stiano tutti bene?»

Il detective Taylor annuì. «Hai ragione. Facciamolo».

In quel momento tornarono Heck e Santos, con un'aria molto fiera.

«Quel tipo là ci ha appena mostrato un trucco fighissimo» disse Santos.

«Come liberarsi dalle manette!» annunciò Heck, sventolandole. «Ce le ha lasciate per ricordo».

Ci girammo tutti a guardare: Amazing Andy era sparito.

«Ma dov'è finito?» chiese il detective Taylor.

«Ha detto che doveva andare a un compleanno» disse Heck.

«Aspettate qui» disse il detective Taylor, saltando su e uscendo di corsa dall'ufficio.

«Oh no!» disse Santos, che sembrava finalmente aver capito quello che era appena successo.

Incredula, alzai gli occhi al cielo davanti agli altri membri del Club dei Detective. «Ragazzi, vi rendete conto che noi stiamo cercando di *catturare* i criminali, e non di liberarli, vero?»

Capitolo 53

Quando facemmo finalmente ritorno dalla centrale di polizia, le luci già brillavano alle finestre dell'Arcanum. Al detective Taylor c'era voluta quasi un'ora per riprendere Amazing Andy. Mentre smontavamo dalla sua macchina sul marciapiede, una brezza gelida scuoteva le foglie secche nella canaletta di scolo.

«La mia squadra è ancora impegnata a perquisire l'appartamento di Delores» ci disse lui. «Vi va di aiutarmi a bussare alle altre porte?»

«Non vedo l'ora» dissi io, mentre Heck annuiva di buon grado.

Il detective Taylor mostrò il suo distintivo al nuovo portinaio ed entrammo nell'edificio.

«Questo è quello che nel gergo della polizia chiamiamo un *wellness check*» ci spiegò. «Il punto è semplicemente controllare di persona se qualcuno ha bisogno di aiuto».

«E se nessuno risponde?» chiesi io.

«Segnatevi il numero di appartamento, così che io possa entrare con le chiavi di Delores, se necessario» disse il detective Taylor. «Ma alcuni potrebbero solo non essere ancora rientrati dal lavoro. O persino trovarsi fuori città».

«Capito» disse Heck.

Il detective Taylor allungò il collo mentre contava i balconi che si stagliavano al di sopra di noi. «Saremo più efficienti se ci dividiamo in due squadre. Minerva, tu e Santos prendete i piani pari, mentre io ed Heck ci occuperemo di quelli dispari».

Ero così entusiasta all'idea che praticamente stavo saltellando sul posto. «Che stiamo aspettando?»

«Avere qualche altro detective come te non sarebbe male» commentò con un sorriso.

Santos e io uscimmo dall'ascensore al secondo piano, mentre Heck e il detective Taylor salirono fino al terzo. Procedemmo rapidi, bussando alle porte e segnando quello che succedeva prima di andare avanti. Su una nuova pagina del mio taccuino, avevo elencato i numeri di appartamento, seguiti da due colonne con su scritto TUTTO OK! e NESSUNA RISPOSTA!

Degli otto appartamenti al secondo piano, cinque

persone risposero alla porta, ci guardarono strano e dissero che andava tutto bene. Quelli li segnai come *tutto ok*. Solo due li segnai come *nessuna risposta*. L'unico che restava fuori era il nostro appartamento.

Decisi di controllare se Bizzy era già tornata dall'università. In quel caso, avrei dovuto spiegarle perché Heck e io non eravamo a casa anche se avremmo dovuto. Lei avrebbe dovuto dirlo ai nostri genitori, ma l'arresto di Delores ci avrebbe probabilmente evitato di finire nei guai.

«Non hai la chiave?» chiese Santos mentre bussavo alla porta.

«Sì, ma non la voglio spaventare» gli dissi. Quando Bizzy non rispose, feci per andarmene, pensando che con ogni probabilità doveva essere ancora in facoltà.

Santos mi fermò. «Aspetta un momento. Ho sentito qualcosa».

Per un attimo non riuscii a sentire altro che Heck e il detective Taylor intenti a bussare alle porte sopra di noi.

Poi ci fu un tenue suono strascicato, come di calzini sul pavimento. Seguito da un BUMP.

Cercai le chiavi nelle tasche e aprii la porta.

Le luci erano spente, così mi ci volle qualche secondo per vedere Bizzy, che procedeva a tentoni contro il muro verso di noi.

«Bizzy?» la chiamai. «Va tutto bene?»

Quando lei si avvicinò, la sentii respirare a fatica. Diedi un'annusata, giusto per assicurarmi che non stesse ancora reagendo al nostro attacco con il gas... ma le finestre aperte avevano fatto il loro mestiere nel ripulire l'aria.

«Che succede?» le domandai, accendendo la luce.

Bizzy mi fissò con gli occhi sbarrati per il terrore. Tentò di dire qualcosa, ma era come se avesse la gola ostruita. La sua voce era un sibilo strozzato.

«Veleno» ansimò. «*Veleno!*»

Capitolo 54

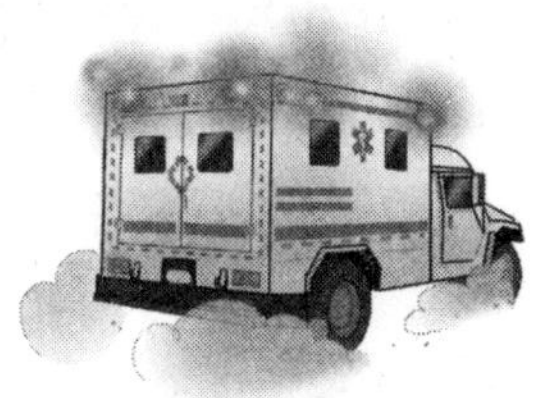

Accadde tutto così in fretta, da quel momento in poi. Bizzy collassò. Io chiamai aiuto. Santos svenne. O forse Santos chiamò aiuto e io svenni... era tutto un po' confuso. Il detective Taylor arrivò da noi così in fretta che sospettai si fosse calato dalla balconata.

Ora che ci penso meglio, è stato Santos quello che è svenuto, non io, ma la situazione era così irreale... Stentavo a credere che stesse accadendo per davvero. Feci delle compressioni toraciche a Bizzy mentre il detective Taylor chiedeva aiuto con la radio della polizia.

A quanto pare fu ancora più veloce che chiamando il 118, perché Big Joan e Little John arrivarono lì prima che io avessi finito di cantare *Rumor Has It* nella mia testa. (O per lo meno, io *credo* che fosse nella mia testa.)

«Ormai stai diventando brava con le rianimazioni,

Minerva» mi disse Big Joan mentre prendeva il mio posto.

«Non *voglio* dover essere brava con le rianimazioni» replicai.

Little John risvegliò di nuovo Santos con una boccetta di sali, poi attaccò una bombola di ossigeno a Bizzy. Il tatuaggio con l'orsacchiotto sul suo bicipite si gonfiò mentre aiutava Big Joan a sollevare la barella.

Dopodiché, Heck, Santos e io ci trovammo ancora una volta catapultati sui sedili posteriori dell'auto del detective Taylor. Stavolta ci tenemmo stretti mentre sfrecciava nel traffico, seguendo le gomme fumanti dell'ambulanza verso l'ospedale DuSable.

«Ragazzi, se è veloce!» disse il detective Taylor con un fischio, stupito dalla guida di Big Joan.

Attraverso i vetri posteriori dell'ambulanza, riuscivo a vedere Little John che spremeva la bombola di ossigeno per tenere in vita Bizzy. Doveva averla legata bella stretta, perché la barella non si mosse neppure quando Big Joan fece sgommare la tozza ambulanza in curva come se fosse stata sul set di *Fast & Furious*.

Per qualche motivo, l'unica cosa cui riuscivo a pensare era Disney World... e non solo perché avrei preferito trovarmi al Magic Kingdom piuttosto che a Chicago. La giornata che avevo trascorso là con mia cugina era il ricordo più caro che avessi.

Non perché lei aveva passato un quarto d'ora a parlare con Woody di *Toy Story* senza accorgersi che era alto più di due metri e soprattutto che era un pupazzo. («Come facevo a sapere che non era un vero cowboy?» disse dopo che io glielo feci notare.)

Né perché aveva attraversato la strada, era finita nel bel mezzo della parata di Disney World e semplicemente... aveva continuato come se niente fosse.

E neppure perché, mentre salivamo sulla Splash Mountain, per qualche motivo era rimasta senza posto e si era fatta tutta la corsa seduta *in cima* al ceppo gigante.

Solo mia cugina poteva finire per essere la vera fonte di divertimento in un parco dei divertimenti.

La ragione *reale* per cui quel giorno è il mio ricordo preferito è che ho fatto cadere il mio cono gelato in un mucchio di cacca di cavallo.

Be', non proprio *quello*, ma quello che è successo dopo. Un cavallo che trainava un carretto aveva appena mollato una scarica fumante di sterco nel mezzo di Main Street, USA. E prima che il tipo con la scopa potesse pulirlo, la mia pallina di gelato scelse proprio quel punto preciso per tuffarsi giù dal mio cono.

Bizzy non si mise a ridere. Non esitò nemmeno per un attimo.

«Vuoi il mio?» disse, anche se non l'aveva ancora neppure assaggiato.

Perché c'è poco da dire: è una delle persone più buone sulla faccia della terra.

«Bizzy starà bene?» quasi sussurrai, mentre vedevo l'ospedale avvicinarsi. Era come se avessi paura di dirlo ad alta voce, visto che avevo paura della risposta.

Il detective Taylor non disse nulla.

Non lo sapeva neanche lui.

Capitolo 55

IL DETECTIVE TAYLOR PRESE LA SITUAZIONE IN MANO al Pronto Soccorso, correndo verso l'infermiera dell'accettazione mentre Big Joan e Little John portavano dentro Bizzy. Ma dal modo in cui scuoteva la testa, capii che non era felice di quello che lei gli stava dicendo.

Mi avvicinai per sentire anch'io, e Heck e Santos vennero con me.

A quel punto il detective Taylor ci indicò.

«Questi ragazzi sono i suoi cugini» disse all'infermiera. «E che io sia dannato se lascerò che Bizzy diventi un altro cadavere all'obitorio. Quindi voglio che lei torni dentro e trovi un letto per lei, ADESSO!»

«Sì, signore». L'infermiera deglutì prima di affrettarsi.

«Il detective Taylor è un tipo tosto» sussurrò Heck.

«Sono contenta che sia il *nostro* tipo tosto» sussurrai in risposta.

Il detective Taylor ci si avvicinò.

«Ha detto che sono pieni, ma troverà un posto» disse. «Questa è la notizia buona».

«E la cattiva?» domandai.

«Mi ha anche detto che Young-Jae Park non ce l'ha fatta».

E così ora le vittime erano tre. Santos e io non eravamo riusciti a salvarlo, alla fine.

«Abbiamo fatto il possibile» dissi a Santos, sentendomi torcere lo stomaco.

Pochi istanti dopo, l'infermiera fece ritorno con un medico e un operatore socio-sanitario. Li osservammo mentre spostavano rapidamente Bizzy dentro un'area indicata con il cartello SOLO PERSONALE OSPEDALIERO.

Il cellulare del detective Taylor suonò e lui si allontanò per rispondere. Quando fece ritorno, aveva l'aria di aver appena ricevuto una notizia incoraggiante.

«Non appena avrò qualche altro agente, tornerò all'Arcanum e controlleremo a ogni singola porta, finché non saremo certi che siano tutti vivi e vegeti» disse. «Ma prima devo andare a parlare con alcune persone che potrebbero avere informazioni rilevanti. Restiamo in contatto».

Corse fuori verso la macchina, lasciandoci soli nella sala d'attesa.

«Ora che la vostra babysitter è in ospedale, chi vi starà dietro?» chiese Santos.

«Non è la nostra *babysitter*» gli dissi. «Sappiamo cavarcela da soli».

«Dovremmo dirlo a mamma e papà, però» disse Heck.

Aveva ragione. Li chiamai su FaceTime. Quando risposero, il loro telefono si muoveva così tanto che mi ci volle un attimo per capire che papà stava guidando un motoscafo, che saltava su e giù per le onde. Lui e mamma indossavano delle mute e avevano l'attrezzatura subacquea, con grossi coltelli alla cintura.

«Siamo un po' presi al momento, Minerva» disse papà.

Lo udivo a malapena a causa del vento che gli sferzava il telefono.

«Bizzy è in ospedale!» gridai. «Crediamo che sia stata avvelenata!»

Mamma e papà si scambiarono un'occhiata. Di certo papà si stava chiedendo come fosse possibile che qualcuno della nostra famiglia avesse potuto finire in ospedale, quando statisticamente c'era una probabilità così bassa che accadesse.

Ma per una volta, disse quello che speravo di sentirgli dire.

Girando bruscamente il timone per puntare verso la costa, disse: «Saremo da voi il più in fretta possibile. Purtroppo, ci vorranno almeno trentasei ore prima di arrivare a Chicago».

«Chiamo zia Arabella e le dico di Bizzy» disse mamma. «Siate prudenti».

«Mi piacerebbe esserlo» le dissi. «Ma come faccio?»

Ovviamente, nessuno conosceva la risposta.

«Troverai un modo» disse papà.

Capitolo 56

HECK, SANTOS E IO ERAVAMO AI PIEDI DEL LETTO DI Kermit. Non sembrava di certo stare meglio, ma per lo meno non sembrava neppure stare peggio. I fiori che gli avevo portato domenica stavano avvizzendo, e per essere sinceri la stanza aveva un odore acre di piedi sudati.

«Questo è il tuo amico?» chiese Santos. «È così... *vecchio*».

«Siamo amici di scacchiera» spiegai. «Non è che andiamo a spasso al centro commerciale».

«Se *lui* è ancora vivo, allora c'è speranza anche per Bizzy, giusto?» disse Heck con aria speranzosa.

Non avevamo ancora avuto aggiornamenti sulle condizioni di nostra cugina, ma ero stufa di stare seduta nella sala d'aspetto del Pronto Soccorso, così avevo pensato che tanto valeva fare visita a Kermit.

L'infermiera Rosamie ci aveva detto di non averlo ancora visto aprire gli occhi.

Se solo Kermit e Bizzy potessero dirci come sono stati avvelenati.

I miei occhi si stavano di nuovo riempiendo di lacrime. L'intera situazione era senza speranze. Kermit non stava migliorando affatto, e Bizzy rischiava di morire se il detective Taylor non avesse scoperto in fretta qualcosa sul veleno. Troppe persone erano già morte.

Volevo scagliare qualcosa a terra... e la scacchiera era l'oggetto più adatto al caso. Ma prima che potessi farlo, Santos mi si parò davanti.

«Chi sta giocando?» chiese.

«Io, ma non so nemmeno perché lo faccio. Le mosse di Kermit sono semplicemente senza senso».

«È questa *partita* che non ha senso» brontolò Heck.

Santos studiò la posizione dei pezzi. «Chi gioca con il bianco?»

«Io» gli risposi. «Kermit stava cercando di fregarmi con uno scacco matto rapido, ma dovrebbe sapere benissimo che non potrà mai funzionare, perché io sono troppo brava per cascarci».

«Forse dovresti dare un'altra occhiata» disse Santos.

Mi asciugai gli occhi. Dopo che io avevo portato un secondo pedone al centro per bloccare l'attacco di Kermit, lui aveva spostato la regina sull'altro lato della scacchiera. Adesso sia la sua regina che il suo alfiere puntavano minacciosamente verso la casa davanti al mio re.

E io non me n'ero neppure resa conto.

«Sta vincendo lui!» disse Heck, scoppiando a ridere.

«La partita non è ancora finita» replicai.

Ma era vero. Kermit mi aveva illusa facendomi credere che stesse facendo una cosa, quando fin dall'inizio il suo vero piano di attacco era un altro.

Ero così felice che non riuscivo nemmeno a essere arrabbiata per il suo trucco. Scoppiai a ridere anch'io.

Kermit sapeva esattamente quello che stava facendo.

Stava allestendo una trappola.

Capitolo 57

«Fermati, Minerva!» disse Heck. «Che cosa stai facendo?»

Era da così tanto tempo che non ricevevo buone notizie che le mie braccia erano partite di loro spontanea volontà, stringendolo in un grande abbraccio... e adesso lui stava lottando per liberarsene.

Non mi piaceva più di quanto piacesse a lui, quindi fui solo felice di lasciarlo andare. Subito lui iniziò a dibattersi, cercando di scacciare tutti i germi che potevo avergli passato.

«È stato un incidente» gli dissi.

«Tu DETESTI perdere» disse Heck. «Lo detesti a tal punto che in famiglia nessuno vuole mai giocare con te. Se Kermit sta vincendo, perché sei così di buon umore?»

Gli diedi un pugno sulla spalla per cancellare ufficialmente l'abbraccio.

«Sono felice perché Kermit sta meglio, scemo» dissi. «E ora che so quello che sta facendo, aspetta a dire che sto perdendo».

«Visto che sta ancora male, forse dovresti lasciarlo vincere?» suggerì Santos.

«Non sono *così* felice» gli risposi.

Mentre tornavamo giù al Pronto Soccorso per vedere come stava Bizzy, io continuavo a rivedere mentalmente le mosse di Kermit. Mi ricordavano qualcosa che avevo già visto su YouTube. Ci sono una marea di youtuber che postano dei gran video di scacchi, ed ero piuttosto certa che lo schema fosse uno di quelli con nomi formidabili, come l'Attacco Fegatello, il Gambetto di Donna o la Difesa Siciliana.

Ma qual era?

La sala d'attesa del Pronto Soccorso era talmente piena che faticammo anche solo a entrare. Fuori dalle porte automatiche, una fila di ambulanze si allungava nel parcheggio, con i lampeggianti che creavano una tempesta bianca e rossa mentre attendevano di scaricare nuovi pazienti.

Una TV sul muro mostrava una cronista davanti a un brutto incidente sulla superstrada.

«Immaginatevi il più grande esperimento da fiera

della scienza, però localizzato interamente su una delle strade più battute dello stato» disse la cronista, che si chiamava Sunny Rhodes. «Questo è esattamente quanto è successo qui stasera, quando un'autocisterna carica di aceto si è schiantata contro un camion pieno di bicarbonato di sodio. La reazione chimica ha provocato un tamponamento a catena tra cinquantadue automobili, che al momento sta dando da fare a tutti gli ospedali della zona».

«*Ecco* allora cos'è successo» disse Heck. «Quanto mi sarebbe piaciuto esserci *io*, a bordo di uno di quei camion!»

Quando Heck fosse diventato abbastanza grande per guidare, decisi che avrei smesso di girare per strada... *per sempre.*

«Restate qui mentre vedo come sta Bizzy» dissi a Heck e Santos.

Dovetti farmi largo a forza nella folla, e gridare per attirare l'attenzione dell'infermiera. Mi disse che Bizzy era stata trasferita in terapia intensiva, e non avremmo potuto vederla fino all'indomani mattina.

Dove si trova? scrissi al detective Taylor.

Cerco risposte sulle tossine, rispose. **Devo vedere il medico legale e il centro antiveleni. Ti aggiorno appena sono di ritorno in ufficio.**

Quando attraversai di nuovo la stanza, Heck stava

ancora guardando la TV e Santos si stava per addormentare.

«Dobbiamo andare alla centrale e aspettare che torni il detective Taylor» dissi. «Rimanere qui seduti e controllare il telefono in attesa di novità non aiuterà Bizzy a stare meglio».

Santos sbadigliò. «Meglio che io torni a casa. È tardissimo e devo scoprire quanti compiti mi sono perso».

Non riuscivo davvero a credere alle mie orecchie.

«Preferiresti fare i compiti o *risolvere un mistero*?» gli chiesi. «Non solo salveremo delle vite e fermeremo un'assassina: chissà, potremmo persino diventare famosi!»

«Diventare famoso mi renderebbe così nervoso che finirei per svenire ogni giorno, e prima ancora di alzarmi dal letto» disse Santos rabbrividendo. «E poi, come facciamo a raggiungere da qui la centrale di polizia?»

«Chiamo un taxi» disse Heck, distogliendo finalmente lo sguardo dalla tragedia al telegiornale. «Mi avanzano ancora *parecchi* soldi dei biscotti».

Capitolo 58

La centrale della polizia era affollata tanto quanto l'ospedale.

Superammo la porta principale e finimmo subito invischiati nel bel mezzo di un gruppo di persone che si spintonavano e sgomitavano, urlando ai due agenti dietro la scrivania. Qualcuno stava riproducendo della musica tramite Bluetooth, a volume molto alto: era come trovarsi a una strana specie di festino dance.

Poi due poliziotti portarono dentro un uomo e una donna che si affannavano per tirarsi pugni a vicenda.

«Non ti ho rubato l'anello!» gridò l'uomo.

«Ah, e quindi l'avrei messo *io* nella tua tasca?» gli gridò in risposta la donna.

«Ma è sempre così Chicago di notte?» chiese Santos dopo che i due ci ebbero superati.

«Non saprei» gli dissi io. «Neppure io in genere esco così tardi».

Il detective Taylor non aveva ancora risposto ai miei messaggi. Ma uno degli agenti dietro la scrivania mi riconobbe e disse che potevamo aspettarlo nell'ufficio dei detective.

Mentre superavamo la stanza degli INTERROGATORI, vidi una finestra nel muro. E attraverso la finestra, mi accorsi che una Delores dall'aria afflitta era ancora seduta lì dentro.

«Guardate!» dissi a Heck e Santos.

Quando Santos vide Delores, si abbassò di colpo sotto la finestra.

«Tranquillo, è un falso specchio» spiegai. «Noi la vediamo, ma lei non può vedere noi».

«Meglio esserne sicuri» disse Heck.

Avvicinandosi al vetro, le rivolse una boccaccia. E non una qualsiasi: la sua boccaccia più orripilante. Rivoltò le palpebre, si tirò le guance con i mignoli e si fece un naso da maiale con gli indici... ma Delores continuò semplicemente a fissare nel vuoto.

Tirai la porta, ma non si aprì.

«Ma che ti *salta* in testa?» chiese Santos. «Perché stai cercando di entrare?»

«Voglio parlarle» spiegai. «Ci ho riflettuto mentre

venivamo qui, e alla fine ho capito che Delores ha ragione: non può essere lei l'assassina».

«Ma ha rubato lei la statua!» protestò Heck.

«Una ladra lo è di certo» ammisi. «Ma l'abbiamo tenuta d'occhio tutto il giorno e non è mai entrata nel nostro appartamento. Quindi come potrebbe aver avvelenato Bizzy?»

«Forse una capsula a lento rilascio?» suggerì Santos.

Squadrai Delores. Stava puntando una delle sue orecchie verso il vetro. Non poteva vederci, ma forse ci aveva sentiti.

«E allora perché non siamo stati avvelenati anche noi?» chiesi abbassando la voce. «Non penso che sia lei la colpevole, ecco tutto. Ma forse sa qualcosa che potrebbe aiutarci».

«Se non è stata lei, allora non dovrebbe aver già detto tutto al detective Taylor, in modo da provare la sua innocenza?» chiese Santos.

Era un ragionamento inattaccabile, e il detective Taylor aveva chiaramente più esperienza di me come detective. Ma d'altra parte io conoscevo l'Arcanum meglio di lui.

«Forse lui non le ha fatto le domande giuste» dissi a Santos.

«A ogni modo non cambia nulla, perché questa porta è chiusa e noi non abbiamo la chiave» disse Heck.

Tirai ancora una volta la maniglia. Sempre bloccata. Guardai Delores attraverso il vetro. Sempre brutta. Controllai l'ufficio dei detective... *Amazing Andy era sempre lì.*

«Ta-da!» esultai.

Li portai verso il prestigiatore. Il detective Taylor non aveva chiaramente avuto il tempo di occuparsi anche di lui. Amazing Andy si era addormentato, anche se adesso aveva entrambi i polsi ammanettati alla sedia, in modo da non poter scappare. Dall'angolo della bocca spalancata colava della saliva.

Quando gli diedi un colpetto, spalancò gli occhi.

«Sono Minerva, e questi qui sono Heck e Santos» gli dissi.

«Ci siamo già visti» disse lui, squadrandoci con sospetto. «Che cosa volete?»

Mi sentii come una illusionista che stava per rivelare il proprio segreto, quando gli chiesi: «Che ne direbbe di aiutarci a prendere un assassino?»

DOSSIER

Nome: Amazing Andy alias Gern Blanston

Occupazione: Prestigiatore

Relazione con il caso: Continua a finire alla centrale di polizia

Capelli: Neri ma un po' brizzolati

Occhi: Tristi, come quelli di un segugio che fissa il tuo hamburger

Età: 37. (Gliel'ho chiesto e mi ha detto così.)

Segni particolari: Indossa SEMPRE uno smoking. (Probabilmente non ha nessun altro tipo di abito.) Porta tutto quel che ha nelle sue tasche. (Ha un SACCO di tasche.)

Personalità: Disonesto. E depresso. (Forse vorrebbe avere un suo show in TV, invece di doversi esibire ai compleanni dei bambini.)

Abitudini, comportamento e talenti speciali: Molto abile ad aprire i lucchetti!

APPUNTI DELLA DETECTIVE:

Amazing Andy sarebbe con ogni probabilità il più popolare tra i maghi da compleanno di Chicago, se solo la smettesse di intascarsi i regali. In fondo, è davvero bravo a scappare, e i bambini adorerebbero vederlo che si libera dalle manette e dalla camicia di forza mentre è chiuso in un camion avvolto dalle catene.

Purtroppo, fa tutto all'incontrario: imprigiona il bambino o la bambina che compie gli anni... insieme a tutti i loro amici... e i genitori... e poi si dilegua con tutti i regali!

Insomma, vedi bene qual è il problema.

Eppure, continuo a essere convinta che in fondo ce l'abbia, un cuore.

(Sempre che non abbia fatto scomparire anche quello.)

Capitolo 59

Amazing Andy mi fissò come se gli avessi appena chiesto di volare fin sulla luna con un palloncino a elio.

«Ascolta, figliola, sono già abbastanza nei guai per via di quel fraintendimento della festa di compleanno» disse. «Non posso permettermi di finire coinvolto in un assassinio».

«Il detective Taylor ha detto che ce ne sono state più d'una, di feste» gli dissi io.

«E che lei *rubava*» aggiunse Heck.

Amazing Andy torse la bocca e mise il broncio. «Mi meritavo una mancia per il bello spettacolo».

Il suo smoking era talmente stropicciato e liso che sospettai l'avesse tenuto addosso anche per dormire. Davvero non aveva altri vestiti? Ma almeno un posto dove vivere ce l'aveva? Immagino che cose di quel tipo non le potesse far apparire per magia.

«Mi serve solo che lei apra una serratura, così posso parlare con una persona» dissi. «Ci aiuterà?»

«E a me cosa ne viene in tasca?» domandò.

«Se ho ragione e risolviamo il caso, lo dirò al detective Taylor» proposi. «Lui potrà chiedere al giudice di chiudere un occhio».

Amazing Andy scosse il capo. «Conosco il detective Taylor da parecchio tempo, e so che non accetterà mai».

«Allora la inviterò alla mia prossima festa di compleanno!» disse Heck. Poi aggiunse: «Purché lei mi prometta che non ruberà nulla».

«E deve anche prometterci che non proverà a scappare» lo avvisai.

«Dove vivete?» chiese Amazing Andy.

«All'Arcanum, sulla North Dearborn Parkway» disse Heck.

Il mago fece un fischio. «Bel posticino. Okay, ve lo prometto. Aprirò quella serratura».

A dire il vero, di serrature dovette aprirne *tre*... visto che le prime due erano quelle delle sue manette. Amazing Andy chiese due graffette di metallo, che trovai nel primo cassetto della scrivania del detective Taylor. Dopo averne piegata una secondo le istruzioni di Amazing Andy, gliela passai e lo osservai mettersi all'opera.

«Sai che non saresti niente male come assistente di

un mago?» disse, piegando il polso e torcendo la graffetta nella serratura di una delle due manette.

«Grazie, ma sono già l'assistente di un detective» replicai.

Amazing Andy era davvero un artista della fuga: non gli ci volle molto per aprire entrambe le manette. Mentre queste penzolavano ancora dai polsi, ci affrettammo a tornare alla stanza degli INTERROGATORI.

«Non voglio averci niente a che fare» disse Santos. Si appoggiò alla scrivania del detective Taylor mentre noi correvamo via.

Fermi davanti alla porta della cella temporanea di Delores, Heck e io osservammo Amazing Andy accucciato che si dava da fare con entrambe le graffette nella serratura. Nel giro di trenta secondi, sentii uno scatto mentre il meccanismo cedeva.

Amazing Andy alzò lo sguardo e sorrise. «Apriti, sesamo!»

Mentre Heck lo scortava di nuovo alla sua sedia, io presi un respiro profondo e mi preparai ad aprire la porta.

L'ultima volta che avevo visto Delores, lei aveva tentato di darmi una testata. Non sarebbe mai stata arrestata se non fosse stato per me, e lo sapeva.

Senza il detective Taylor a fermarla, cosa avrebbe provato a farmi stavolta?

Capitolo 60

NON APPENA MISI PIEDE NELLA STANZA, LA PRIMA cosa che mi uscì di bocca fu un rutto così sonoro che mi tappai le orecchie, giusto in caso succedesse di nuovo.

Non era *questo* il modo in cui speravo di dare inizio all'interrogatorio.

Ma non potevo farci niente. Affrontare Delores faccia a faccia in quella piccola stanzetta mi rendeva più nervosa di qualsiasi altra cosa fosse accaduta fino a quel punto. Avrei dovuto spremermi le meningi come una spugna e dare fondo fino all'ultimo grammo di cervello, se volevo superarla in astuzia.

«Dov'è il detective Taylor?» chiese lei.

«Ha una riunione per scoprire qualcosa di più sui veleni che sono stati usati su Kermit, Serenity, Oskar e il signor Park» dissi io. 'E Bizzy', pensai tristemente.

Delores non poteva sapere che c'era stato un nuovo avvelenamento.

«E ha mandato una *ragazzina* di dodici anni a parlarmi?» chiese Delores, beffarda. «Che comica! Chicago deve proprio essere sull'orlo del disastro, se il dipartimento di polizia si mette a reclutare mocciose viziate come te».

«Sono venuta per conto mio» ammisi.

Quando Delores si alzò dietro il tavolo di metallo, mi accorsi che non le avevano nemmeno messo le manette. Con tre rapide falcate era già davanti alla porta.

«Quindi, se decidessi di uscire di qua, non ci sarebbe nessuno a fermarmi» disse, con una luce malevola negli occhi.

«Probabilmente riuscirebbe pure a uscire dalla centrale, e io finirei nei pasticci per averla fatta fuggire» le dissi.

«Continua a parlare, mi piace quello che sento» disse Delores.

Avevo i brividi. Ora che era dietro di me, le sue mani si trovavano pericolosamente vicine al mio collo. Ma quando mi spostai e mi misi all'altro lato del tavolo, mi sentii come se fossi *io* quella che veniva interrogata.

Un altro rutto nervoso si fece strada ribollendo prima che potessi inghiottirlo, ma mi costrinsi a fare spallucce.

«Non credevo che lei sarebbe stata così stupida da fuggire *per davvero*» le dissi. «Ma se vuole, faccia pure».

Delores guardò verso la porta. Poi guardò me. Per una volta, sembrava titubante.

«Che cosa vuoi dire?» domandò.

«Ha detto di essere innocente, ma se ora se ne va sembrerà colpevole» dissi. «Se invece rimane qui e mi aiuta a trovare il vero assassino, la sua posizione sarà meno grave. Perderà comunque il lavoro per via dei furti, è chiaro. Ma forse potrà scampare la prigione».

Delores si sporse sul tavolo verso di me. «Ascoltami, piccolo mostriciattolo. Tutto quello che so è che tu sbuchi fuori ogni volta che all'Arcanum muore qualcuno. Dovresti essere *tu* la prima sospettata del detective Taylor, non io».

Non ero abbastanza alta da darle una testata, ma mi sporsi in avanti anche io, perché adesso mi stavo davvero arrabbiando. Forse sarei riuscita per lo meno a regalarle un labbro gonfio.

«Mia cugina Bizzy è stata avvelenata stasera» le dissi. «E se pensa che io c'entri qualcosa anche con questo, allora è completamente uscita di testa!»

Delores alzò gli occhi al cielo, in modo così esagerato che fui sorpresa che non facessero tutto il giro sbucando da sotto. A quanto pareva, non credeva che non si potesse avvelenare qualcuno solo perché era un tuo parente.

«Nessun altro conosceva quello che succedeva nel palazzo meglio di lei e di Oskar» proseguii. «E adesso Oskar non può dirci nulla. Non c'è *nessuno* di cui lei sospetti, a parte me?»

«No» disse Delores, scuotendo la testa.

«E che mi dice delle altre vittime?» domandai. «Ci sono delle persone che non vede da parecchio tempo, e che magari potrebbero essere scomparse?»

«I tuoi genitori» disse con aria compiaciuta.

«Saranno qui molto presto» le dissi. «*Rifletta*».

Lei corrugò la fronte, come se ci stesse riflettendo sul serio... e poi le sue sopracciglia si alzarono per la sorpresa, come se di colpo si fosse ricordata qualcosa. Ma non *disse* niente. Un attimo dopo, sul viso le era tornato il solito ghigno.

«Mi dica quello che sa!» esclamai.

«Non è niente di importante» disse Delores.

«Questo lo giudicherò io. La smetta di temporeggiare!»

Lei sospirò, come se pronunciare le parole successive promettesse di essere un compito estenuante. «Lothar e Ursula Ernst, che vivono nell'attico: non li vedo da settimane. Probabilmente saranno solo in vacanza. Ma quasi tutti i condomini compilano un modulo quando se ne vanno per un po', mentre loro non lo hanno fatto».

«Farò qualche verifica» dissi, superandola verso l'uscita.

Delores occhieggiò la porta aperta. Stava ancora pensando di fuggire.

La sbattei con forza e chiusi a chiave, prima che potesse provarci.

Capitolo 61

Lothar e Ursula Ernst erano le prime vittime degli avvelenamenti… *o erano proprio loro i colpevoli?*

In entrambi i casi, non c'era dubbio che questa nuova pista fosse cruciale. Mentre attraversavo la sala dei detective deserta, mandai un messaggio al detective Taylor.

Ho scoperto una cosa che potrebbe essere DAVVERO GROSSA. Quando sarà di ritorno alla centrale?

Non mi rispose. Speravo almeno che il suo incontro si stesse rivelando utile.

Heck e Santos stavano guardando Amazing Andy che faceva trucchi con le carte sulla scrivania del detective Taylor.

«Rimettetegli le manette» li avvisai. «Dobbiamo andare».

«Ho chiamato mio padre, dice che potete stare da

noi finché non tornano a casa i vostri genitori» mi disse Santos.

«Ottima notizia» dissi. «Possiamo andare lì dopo, ma prima dobbiamo seguire la nuova pista che mi ha dato Delores».

«Ma è quasi mezzanotte» gemette lui.

«Chiamo un altro taxi!» disse Heck, fiondandosi fuori dalla stanza.

Mi assicurai che le manette fossero ben strette attorno ai polsi di Amazing Andy. Poi strappai un pezzetto di carta dal taccuino e iniziai a scrivere un messaggio per il detective Taylor.

«Entriamo nell'attico dell'Arcanum» scrissi. «La coppia che vive lì non è stata vista in giro da MOLTO tempo!»

Dopo aver dato un'occhiata al triste mago nel suo smoking stropicciato, aggiunsi: «P.S. Amazing Andy è stato molto d'aiuto».

Immaginai che male non potesse fare. Lasciai il messaggio sulla scrivania del detective Taylor.

«Buona fortuna» disse Amazing Andy.

«Grazie» risposi io. «Buona fortuna anche a lei».

Mentre superavamo il falso specchio diretti verso l'uscita, feci una linguaccia a Delores. Santos fece lo stesso.

Se finalmente stava diventando un po' più coraggioso, il tempismo era perfetto.

Capitolo 62

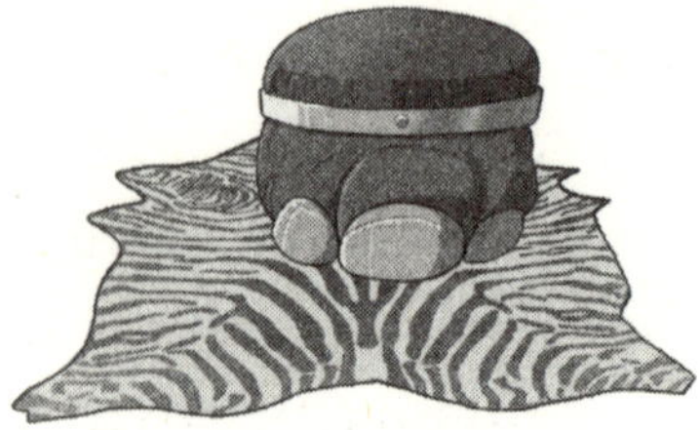

Uscimmo dall’ascensore in un corridoio con il pavimento a quadri bianchi e neri, tendaggi di velluto verde e un tavolino con sopra un vaso di piume di pavone variopinte. Di fronte a noi c’era la porta dell’attico.

Il pulsante dell’ascensore diceva AT, ma di fatto questo era il tredicesimo piano dell’Arcanum. Nell’intera storia dell’umanità, il tredici ha *mai* portato fortuna?

Sollevai il pesante batacchio e lo abbassai per tre volte. I colpi erano forti come spari, ma non rispose nessuno.

E chiaramente la porta era chiusa a chiave.

Santos si girò per andarsene. «Mi sa che è meglio andare a casa mia».

«Aspetta» disse Heck. «Guardate lassù! Penso di poterci passare».

Sopra la porta, la finestrella era aperta.

Lui sistemò sul pavimento il vaso con le piume, mentre Santos e io spostavamo il tavolino accanto alla porta. Quando Heck ci si arrampicò sopra, l'intero affare ondeggiò come se non vedesse l'ora di accasciarsi. Per fortuna non lo fece, ma anche stando in punta di piedi Heck non arrivava abbastanza in alto.

«Qualcuno mi dia una mano» chiese.

«Nomino Santos» dissi io. «È il più alto e *anche* il più forte».

Con aria stravolta, Santos salì sul tavolino e si sforzò di stare in equilibrio come se stesse facendo surf in uno stagno ma si aspettasse che un'onda anomala lo spazzasse via da un momento all'altro. Poi intrecciò le dita e sostenne il piede di Heck finché lui non riuscì a insinuarsi attraverso la finestrella.

Non appena i piedi di mio fratello furono spariti alla vista, sentimmo un CRASH, come se una palla di cannone avesse appena preso in pieno una vetrina.

Poi un THUD, come se la palla di cannone fosse appena caduta per terra.

E infine un MIAO, come di un gatto a cui avessero tirato la coda… ma anche quello era sempre Heck.

«Sto bene!» gridò lui un attimo dopo.

Poi le porte si aprirono.

I signori Ernst avevano palesemente parecchi soldi,

visto che il loro appartamento sembrava più una dimora signorile... il loro arredatore però doveva essere morto diversi secoli fa. Il corridoio d'ingresso era ricoperto di pelli di leopardo e zebra, con sopra un pouf a forma di zampa d'elefante e una sedia fatta d'avorio.

«Pazzesco!» disse Heck.

«Pessimo gusto» disse Santos.

«Sapete, penso che più o meno ogni cosa che vedo in questa stanza sia illegale» dissi io.

Il resto della casa era esattamente dello stesso tenore. Piante da giungla svettavano verso un lucernario nel soggiorno, che era grande quanto un campo da basket. I muri erano ricoperti da maschere, scudi, lance e altri oggetti che sarebbero dovuti stare in un museo.

«Delores adorerebbe mettere le mani su tutta questa roba» commentai, mentre entravamo in una biblioteca stipata di libri rilegati in pelle. «Sarebbe la prima persona al mondo a diventare miliardaria con eBay».

Poi aprii una serie di porte scorrevoli.

Ci bloccammo.

E finalmente capii quello che Kermit aveva cercato di dirmi per tutto questo tempo.

Capitolo 63

La grande stanza buia ospitava dozzine di gabbie di vetro luccicanti, o terrari, del tipo che potresti trovare in un negozio di animali. Ma questo non era un negozio di animali.

In un negozio di animali, puoi aspettarti di trovare animali come gerbilli, criceti e porcellini d'India. Non mi piacciono tutti quei roditori, perché mi ricordano troppo dei ratti. Ma anch'io devo ammettere che il peggio che possono combinare gerbilli, criceti e porcellini d'India è farti la pipì in mano.

Le creature ospitate nel sinistro appartamento degli Ernst, invece, potevano fare molto di peggio.

Potevano ucciderti, tanto per cominciare.

«Ragazzi? Ho un bruttissimo presentimento» disse Santos.

«Anch'io» confermai. «Ma non possiamo tornare indietro adesso».

Mentre entravamo con cautela nella stanza vedemmo rane, lucertole, serpenti, ragni e scorpioni che se ne stavano pazientemente dietro le pareti di vetro. Era come se stessero tutti aspettando qualcuno che fosse abbastanza stupido da infilarci una mano per provare a prenderli su.

Nel terrario più vicino, un orribile scorpione inarcò la coda. Vedevo bene la sacca di veleno rigonfia proprio dietro il pungiglione.

«*Hottentotta tamulus*» lessi sulla targhetta. «Comunemente noto come Scorpione rosso indiano. Lo scorpione più velenoso del mondo».

«Guardate qui!» disse Heck, correndo verso il terrario successivo. «*Oxyuranus scutellatus*, Taipan costiero. Questo è il serpente più velenoso d'Australia!»

All'improvviso il serpente, di un bruno rossiccio, si scagliò in avanti e sbatté contro il vetro, facendo saltare indietro Heck. Lui ridacchiò nervosamente... dopo aver controllato di non avere segni di morsi.

«R-rana d-dorata» balbettò Santos, leggendo un altro cartellino «*Phyllobates terribilis*. Sembra proprio la r-rana che abbiamo visto giù nel s-seminterrato».

Lothar e Ursula Ernst erano dei collezionisti. E non collezionavano monete, fumetti o Pokémon come la gente normale. No, loro avevano radunato tutti gli animali più velenosi del mondo per creare lo zoo più mortale che fosse mai esistito.

«Kermit non stava solo cercando di vincere la partita» dissi.

«Sei seria?» gemette Heck. «Non pensi davvero ad altro che agli scacchi».

«Ma non capisci?» dissi io. «Mi stava mandando un messaggio! Stava giocando la Strategia del Ragno... *perché era stato morso da un ragno*».

Heck e Santos mi fissarono con occhi grandi e rotondi come palline da pingpong.

Molti dei terrari contenevano ragni. E anche se erano dietro pareti di vetro, non volevo avvicinarmi troppo, perché odio i ragni almeno quanto odio i ratti.

Ma per qualche motivo dovevo guardare. Non potevo farci niente.

Mentre mi avvicinavo vidi vedove nere, ragni eremiti marroni e ragni sacco gialli. A quanto dicevano le targhette sulle loro gabbie, ciascuno di loro portava dentro di sé una dose letale di veleno.

Poi vidi un cartellino che diceva: «*Phoneutria*, o Ragno errante del Brasile». Questo terrario era aperto... *e vuoto*.

Sentii un solletico al collo.

«Toglietemelo via! Toglietelo! VIA!» gridai mentre

giravo su me stessa, mulinando le braccia e cercando di divincolarmi fuori dalla mia stessa pelle.

Santos mi tenne ferma. Heck mi guardò il collo...

E iniziò a *ridere*.

«Sono solo i tuoi capelli, Minerva!» sghignazzò.

«E io come facevo a saperlo?» dissi, liberandomi dalla stretta di Santos.

Ma la pelle mi pizzicava ancora. Perché il Ragno errante del Brasile era in giro, da qualche parte.

Dove se n'era andato a zonzo?

Capitolo 64

«SECONDO VOI COME HA FATTO A USCIRE?» SUSSURRÒ Heck.

Dopo che gli ebbi mostrato il cartellino e la gabbia aperta, di colpo aveva iniziato a prendere la faccenda del ragno scappato più seriamente.

«Non saprei» gli risposi sussurrando. «Ma una volta uscito, avrà potuto raggiungere qualsiasi punto del palazzo, usando i tubi parlanti e le prese d'aria...»

«Per non parlare dello scivolo dei rifiuti e delle finestrelle» aggiunse lui.

«... fino ad arrivare a casa nostra... dove ha morso Bizzy!» dissi, rabbrividendo per la paura ma anche per l'eccitazione di essere così vicina a risolvere il mistero. *«E se tutti quegli avvelenamenti fossero stati morsi di ragno?»*

«Perché stiamo ancora bisbigliando?» chiese Heck.

«Perché non vogliamo che i ragni ci sentano» dissi. «Aspettate... i ragni hanno le orecchie?»

Heck e io ci avvicinammo, guardandoci tutto attorno in cerca del ragno. Sarebbe potuto essere ovunque.

«Ragazzi, guardate qua» mormorò Santos.

Seguimmo la sua voce dietro l'angolo e lo trovammo che si dondolava sulle gambe, come una giraffa colpita da un dardo tranquillante. Poi capii cosa stava guardando: un'enorme teca di vetro con il cartellino COLONIA DI RAGNI.

Anche questa teca aveva la porta aperta... ed era pure vuota.

Ma non era quella la parte peggiore.

La parte peggiore era il corpo di una donna sul pavimento lì di fronte. Non sono certo un'esperta di cadaveri, ma a giudicare dall'aspetto (e dalla puzza) doveva essere morta da almeno una settimana. Indossava una divisa chirurgica azzurra con sopra un camice bianco, e aveva il volto e le braccia ricoperti di morsi di ragno, viola e rigonfi.

Il suo compito doveva essere stato prendersi cura di questa raccapricciante collezione da incubo. Un vassoio era caduto sul pavimento accanto a lei, e tutto intorno erano sparsi contenitori bianchi di plastica.

Heck iniziò a prenderli in mano e a guardarci dentro. «Grilli, vermi... bleah, scarafaggi! Dev'essere il cibo dei ragni, mi sa».

Che cosa era successo lì dentro?

«Forse è stata morsa dal Ragno errante del Brasile e poi è collassata dopo aver aperto questa teca» riflettei. «A quel punto tutti questi ragni sono usciti e hanno terminato l'opera».

Santos stava ancora barcollando. Sembrava proprio che potesse cadere da un momento all'altro.

«Non svenire!» lo avvertii.

«Okay» farfugliò lui.

Poi gli si incrociarono gli occhi e cadde all'indietro contro uno scaffale pieno di teche in vetro. Lo scaffale oscillò... vacillò... quindi crollò con un CRASH.

All'improvviso, il pavimento era ricoperto di serpenti che si contorcevano e si dimenavano.

Capitolo 65

Altri serpenti stavano ancora strisciando fuori dalle teche infrante sparse per tutto il pavimento. Vidi un cobra reale, un crotalo adamantino e un'altra dozzina di specie che non riconobbi. Ce n'erano troppi per poterli contare.

«SVEGLIATI!» gridai a Santos, ma era del tutto fuori combattimento. Non aveva alcuna possibilità di sapere che stava per essere ricoperto da un tappeto squamoso e sibilante di serpenti.

Heck e io gli afferrammo le caviglie e lo trascinammo lontano dal pericolo, ma gli orribili rettili erano in mezzo tra noi e la porta. Quando ci fossimo trovati con le spalle al muro, non avremmo avuto più dove scappare.

Peggio ancora, adesso i serpenti stavano scivolando verso di noi con le lingue che guizzavano dentro e fuori.

«Quei cosi hanno fame!» guaì Heck. «Mi chiedo da quanto tempo non abbiano più nulla da mangiare...»

Poi vidi un grosso tavolo dall'aria vintage che sembrava essere stato usato come scrivania.

«Dobbiamo sollevarlo e metterlo là sopra» dissi a Heck.

Mollando i piedi di Santos, buttammo sul pavimento libri e documenti, poi lo sollevammo per le ascelle. Era così pesante che faticammo anche solo a sollevarlo da terra.

«Uno... due... TREEE!» contai.

Continuammo a tirare finché non riuscimmo ad appoggiargli la testa e le spalle sul tavolo. Lo tenni lì mentre Heck gli sollevava le gambe. Saltammo su insieme a lui proprio mentre il grosso cobra sibilava e si scagliava contro le mie scarpe.

Sentii le sue zanne colpire la suola di gomma, ma per fortuna scivolarono via.

Ora eravamo davvero circondati. I serpenti giravano attorno al tavolo come se stessero riflettendo sul modo migliore per salire su e prenderci.

«Proviamo a fare una corsa» disse Heck. «Probabilmente non riusciranno a morderci entrambi».

«Ok, ma cosa succederà a chi viene *morso*?» chiesi io.

«Chi *non* viene morso potrà scappare e cercare aiuto» disse Heck.

«È un'idea terribile» dissi io. «E a parte tutto, non possiamo lasciare indietro Santos. Dovremmo aspettare il detective Taylor. Non appena legge il mio messaggio verrà a salvarci».

«E se non lo avesse ricevuto?!?»

Tirai fuori il telefono e gli scrissi: **Nell'attico. Caso risolto. Venga a prenderci presto, o lo faranno I SERPENTI!!!**

Dovevamo risvegliare Santos. Abbassandomi accanto a lui lo pizzicai, ma non successe nulla. Le sue palpebre non si mossero nemmeno quando lo schiaffeggiai su entrambe le guance! Avrei tanto voluto avere i sali come Big Joan e Little John...

Il che mi fece venire un'idea.

Inspirando più che potevo, deglutii l'aria e poi lasciai che il mio stomaco nervoso facesse il resto. A quel punto accostai la bocca al naso di Santos.

Quando gli ruttai in faccia, una rana bue con il reflusso gastrico non avrebbe saputo fare di meglio.

Gli occhi di Santos si spalancarono. Mi lanciò una sola occhiata... *poi strinse il pugno e mi colpì dritta in testa!*

Capitolo 66

‘Eccoci qua’ pensai. ‘Alla fine, Santos è scoppiato’.

E come potevo biasimarlo? Ero stata io a convincerlo a entrare nel Club dei Detective, e poi a trascinarlo in avventure che lui stesso mi aveva *detto* essere troppo spaventose per lui. Era già un miracolo che non mi avesse presa di peso e gettata in un cassonetto dell’immondizia.

(Lo so che sono un sacco di pensieri da fare mentre qualcuno ti sta mollando un pugno in faccia, ma la mia mente funziona più rapida della media.)

Chiusi gli occhi e mi preparai all’impatto. Ricevere un pugno non era nemmeno la cosa peggiore che poteva succedere. Insomma, eravamo a un passo dall’essere azzannati a morte da un gruppo di serpenti velenosi. Come poteva andare peggio di *così*?

Stavo per scoprirlo.

Santos non mi colpì in faccia. Il suo pugno fischiò al di sopra della mia testa… poi udii un tenue SPLAT.

«Mi sa che adesso vomito» disse Heck.

Quando aprii gli occhi, Santos si stava fissando la mano. Le sue dita erano ricoperte dei resti appiccicosi e maciullati di un grosso ragno peloso.

«Stava per atterrare sulla tua testa» disse. «L'ho colpito senza nemmeno pensarci».

«Se è così, continua a non pensare finché non usciamo da questo posto, perché probabilmente mi hai appena salvato la vita» gli dissi. «Ma da dove è uscito quel ragno?»

Guardammo tutti verso l'alto.

E per una volta, mi sentii troppo spaventata anche solo per ruttare.

Il lampadario sopra le nostre teste era coperto di così tante ragnatele che sembrava una porzione di zucchero filato alla vaniglia, formato extralarge. E l'intero affare brulicava di centinaia di ragni di ogni dimensione… come se l'intera colonia di ragni si fosse trovata a votare e avesse deliberato: *Ma sì, trasferiamoci tutti assieme sul lampadario sopra il tavolo!*

Il filo di seta che penzolava sopra la mia testa si era spezzato quando Santos aveva spiacciato il ragno con il suo pugno.

Ma un *mucchio* di altri ragni stava iniziando a calarsi giù.

«Vuoi ancora aspettare qui che arrivi il detective Taylor?» mi chiese Heck.

«Vuoi ancora metterti a correre in mezzo a quei serpenti?» replicai io.

Nuovi serpenti si stavano ancora avvicinando a noi sul pavimento. Immagino che tra loro si fosse già sparsa la notizia dello spuntino di mezzanotte gratuito: noi.

Poi la testa di un serpente sbucò da sopra il tavolo come un periscopio. I suoi freddi occhi neri ci misero a fuoco, e la sua lingua biforcuta guizzò, assaggiando l'aria.

I serpenti si stavano arrampicando sulle gambe del tavolo!

«*Per favore*, prendi a pugni anche quella cosa» implorai Santos.

Scosse la testa. «Troppo tardi… ci ho già pensato. Riesco a fare cose stupide e coraggiose solo se *non* ci penso».

Eravamo finiti, così tirai fuori il taccuino. Volevo mettere tutto nero su bianco, prima di morire, in modo che per lo meno il mio egregio lavoro come detective non finisse sprecato.

Poi Heck si avvicinò al bordo del tavolo.

«Cosa stai facendo?» gli chiesi.

«Me ne vado di qui» disse lui.

Avevo sempre saputo di essere più sveglia di mio fratello. Finalmente, ne avevo la prova.

Capitolo 67

QUESTA VOLTA, SEMBRAVA CHE FOSSE TOCCATO A Heck uscire di testa.

«Te ne vai di qui? In mezzo ai serpenti?» gli chiesi.

«Non toccherò per terra con i piedi» replicò. «Guarda!»

Attorno al tavolo c'erano alcune sedie. Mentre ci allontanavamo tutti quanti dal serpente che saliva, la cui testa ora scattava avanti e indietro sul tavolo, Heck scese e poggiò i piedi su due sedie diverse. Afferrando uno dei due schienali con il braccio sano, alzò la sedia e la spostò in avanti. Poi fece lo stesso con l'altra sedia.

Se avesse continuato così, sarebbe potuto arrivare alla porta superando i serpenti!

«Vedi? È come camminare sui trampoli» disse Heck.

«È un'ottima soluzione» convenni mentre si allontanava lentamente, un passo dopo l'altro. «Tranne che per un piccolo, leggerissimo problema».

«E quale sarebbe?» chiese lui.

«Restano solo altre due sedie».

Heck si fermò. Potevo vederlo fare i conti mentre si girava verso me e Santos. Se ciascuno di noi aveva bisogno di due sedie da usare come trampoli, allora uno di noi sarebbe rimasto bloccato sull'Isola del Ragno e del Serpente.

«Ok, potrebbe essere un problema» disse Heck, che d'altronde non è mai stato una cima.

I ragni avrebbero iniziato a calarci in testa da un momento all'altro. Il serpente era riuscito a portare tutto il suo corpo sul tavolo. E diverse altre teste di serpenti sbucavano da tutti i lati del tavolo.

Poi Santos mise giù il piede, appoggiandosi su una delle due sedie rimaste.

«Stai *davvero* pensando di andartene senza di me?» chiesi. «Lo so che ti ci ho portato io, qui, anche se non ti piacciono le cose spaventose, e mi *dispiace*, ma... aspetta, COSA STAI FACENDO?»

Santos mi afferrò alla vita, mi sollevò di peso e mi mise giù sulla sedia, di fianco a lui. Era un po' affollata, ma ero felice di essere più vicina a Santos che al serpente, il quale stava sfrecciando sul tavolo (o forse sarebbe meglio dire *serpeggiando*), dritto dritto contro di noi.

Poi Santos sollevò l'ultima sedia, la spostò in direzione di Heck e la mise giù. Ci salì sopra e mi aiutò a fare lo stesso.

Finalmente capii: stava usando le due sedie come supporti, solo che ogni volta che lasciavamo una sedia se la portava dietro con noi.

«Niente male come problem solving» dissi a Santos. «Vedi cosa riesci a fare, quando ti applichi? Soltanto, ricorda: non pensare ai...»

«*Zitta!*» disse Santos, fermandomi prima che potessi dire *serpenti*.

Il che fu un gesto intelligente. Perché se fosse svenuto di nuovo cadendo a terra, saremmo stati fregati entrambi.

Mentre Heck si faceva strada verso la porta, Santos e io lo seguimmo. Salivamo entrambi sulla stessa sedia prima di spostare l'altra in avanti, tenendoci appena fuori dalla portata dei serpenti sul pavimento. Le braccia lunghe e forti di Santos erano di grande aiuto.

Quando voltai lo sguardo sul tavolo, questo era completamente pieno di ragni e serpenti. Uno dei serpenti addirittura aprì la bocca e si *mangiò* uno dei ragni! Peccato che non avessimo il tempo di aspettare che si facessero fuori gli uni con gli altri.

Davanti a noi, Heck ci aveva preso la mano con i trampoli, e non resistette alla tentazione di provare qualche trick.

«Guardate qua, ragazzi!» disse.

Prima saltellò di qua e di là, tenendo le sedie in equilibrio su due sole gambe. Poi bilanciò una sedia su una sola gamba e la fece girare su se stessa.

Dopodiché cadde a terra.

Ma sono tutti così prevedibili i fratelli minori, o solo il mio?

«Ahi! Il mio polso» si lamentò Heck. Era seduto sul pavimento, tenendosi il polso destro (quello che non si era slogato) con la sua mano sinistra (quella che già aveva il tutore).

«Lascia perdere e *corri*!» gridai.

Perché a pochi passi da lui c'era un groviglio di serpenti brulicanti e striscianti!

Capitolo 68

HECK SI STAVA ANCORA FISSANDO IL POLSO DESTRO, fresco di slogatura, come se la sua più grande preoccupazione in quel momento fosse non poter più salire per una scala a pioli o andare in bici. Non aveva neppure visto il groviglio sibilante di serpenti che adesso si stavano srotolando come un diabolico gomitolo.

Santos spostò la sedia libera a pochi centimetri da Heck, mi ci mise sopra e poi mi raggiunse a sua volta.

Spostò di nuovo in avanti la sedia vuota. Era così concentrato su quello che stava facendo, che non parve nemmeno accorgersi che Heck era in pericolo.

«Non lo raggiungeremo mai in tempo!» dissi.

Ma Santos *se n'era* accorto. Stavolta, quando mi sollevò di peso, non mi rimise giù nella sedia di fianco... piegò le gambe, alzò le braccia e mi *lanciò*!

Fui così sorpresa di trovarmi di colpo a volare a

mezz'aria, che lanciai uno strillo molto acuto. Sembravo un fuoco d'artificio che sfreccia nel cielo... proprio un attimo prima dell'esplosione.

«AAAAAAAAAAAAAA—»

Volai verso Heck.

«AAAAAAAAAAAAAAA—»

Volai *oltre* Heck.

«AAAAAAAAAAAAAAH—AIHA!»

BOOM! Atterrai. E siccome il pavimento era cerato e lucido, scivolai come un disco da hockey in un palaghiaccio... proprio oltre la palla di serpenti che si districava.

Quando guardai in alto, Santos stava ancora camminando, procedendo a enormi falcate grazie a quelle sue gambe ridicolmente lunghe.

Raggiunse Heck in un batter d'occhio.

A quel punto, Heck aveva visto i serpenti... e diciamo solo che la preoccupazione per il polso era passata in secondo piano.

Santos chiaramente non si era fermato a pensare a quello che stava per fare, perché si comportava come se fosse nato per lottare contro i serpenti. Balzando a terra, sollevò una delle sedie e la agitò come un domatore di leoni. Raccogliendo il serpente più vicino con le gambe della sedia, lo fece volare via. La bestia colpì la parete come un noodle gigante... solo che, diversamente da un noodle, non ci rimase appiccicato.

Al secondo tentativo, prese DUE serpenti in un colpo solo!

(Nemmeno loro rimasero appiccicati.)

Corsi al suo fianco, afferrai una sedia libera, e iniziai a fare lo stesso, raccogliendo serpenti e scagliandoli lontano più veloce che potevo. Mi sentivo un'allevatrice di serpenti. O una domatrice di serpenti. O una supereroina sterminatrice di serpenti.

Heck non poteva prendere nessuna sedia, con entrambi i polsi slogati, così strisciò all'indietro finché non fu al sicuro alle nostre spalle.

«Così! Arrostisci quei rettili! Falli rosolare per bene!» gridò.

Gli scoccai un'occhiataccia. «*Sul serio?*»

«Cerco solo di incoraggiarvi» disse timidamente. «Ma ho anche fame, visto che non abbiamo ancora mangiato niente».

Di colpo, non c'erano più serpenti a minacciarci. Avevamo la strada libera fino alla porta.

«Che cosa stiamo aspettando?» dissi. «Andiamo!»

Santos mi guardò. Guardò la sedia che stringeva tra le mani. Poi guardò le dozzine di serpenti che aveva scaraventato per tutta la stanza.

Finalmente se ne stava rendendo conto. Iniziarono

a tremargli così forte le ginocchia che era incomprensibile come potesse riuscire a correre. Ma con uno scatto uscimmo dallo Zoo della Morte, sfrecciammo attraverso l'attico e fuori dalla porta d'ingresso, sbattendola forte dietro di noi.

L'incubo era passato.

Quasi.

Capitolo 69

Fuori dall'attico, ci fermammo con le schiene appoggiate alla porta. Avevamo un fiatone tale che era come se avessimo appena preso parte a tutte le discipline delle Olimpiadi.

«Tutto questo è successo davvero, o abbiamo solo avuto un'allucinazione collettiva?» domandò Heck.

«Vorrei che ce lo fossimo solo immaginato» gemette Santos.

«Sei stato incredibile!» gli dissi io. «Sai, è assurdo che sia *io* a dirlo, ma forse il tuo problema è che certe volte pensi troppo».

«Dovrei rifletterci» ragionò lui.

«No, davvero… lascia stare» replicai.

Quando abbassai lo sguardo sul pavimento a quadri, vidi un piccolo ragno di un nero brillante che zampettava su per il dorso della mia scarpa. Lo scossi via, solo per vedere altri due ragnetti che si arrampicavano sull'altra scarpa. Li grattai via con il piede.

Un brivido mi salì dalle unghie dei piedi alle punte dei capelli, quando mi costrinsi a dare un'occhiata alle mie spalle.

Altri ragni si stavano riversando fuori da sotto la porta. Due, quattro... poi dieci, venti, finché non divennero una fiumana di zampe, zanne e occhietti neri. Restammo immobili per il terrore, mentre centinaia di ragni, alcuni neri e lucenti, altri marroni e pelosi, straripavano da sopra la finestrella, dai due lati della porta, e persino attraverso la sua vecchia toppa.

Heck strillò.

Santos vacillò.

Io dichiarai: «Ora di andare» e mi misi a correre.

«Non devi dirmelo due volte» disse Heck, che in qualche maniera era già davanti a me.

Per fortuna, questa volta Santos non svenne. Corremmo all'ascensore e prememmo il pulsante... ma qualcuno lo aveva richiamato ai piani inferiori, e non c'era altra via di uscita. Per prendere le scale antincendio, avremmo dovuto superare i ragni e tornare nell'attico infestato di serpenti.

Ondate di ragni zampettavano sul pavimento verso di noi, mentre aspettavamo che l'ascensore salisse.

Heck sollevò il vaso con le piume di pavone e glielo

gettò addosso. Io strappai i tendaggi di velluto verde e cercai di spazzarli via. Santos ribaltò il tavolino. Ma per quanto riuscissimo a spiaccicarne alcuni, troppi altri continuavano ad arrivare.

«Una bella Molotov adesso ci farebbe comodo!» disse Heck, e per una volta mi trovai d'accordo con lui.

Finalmente arrivò l'ascensore. Mentre aprivo la porta, Santos alzò la gamba e schiacciò il ragno più vicino con una scarpa da ginnastica numero quarantasei. Ce n'erano così tanti, e arrivavano così rapidi che prima di rendermene conto lui ci stava ballando sopra il tip tap, polverizzandone quanti più riusciva mentre io e Heck scappavamo.

«Presto!» gridai mentre Heck mi superava.

Santos si fece strada a balzelli fino all'ascensore, spappolando altri ragni ancora durante il percorso, e io chiusi la porta con uno strattone e premetti il pulsante. Lui continuò a schiacciare ragni, mentre questi continuavano a insinuarsi attraverso la porta in stile voliera, finché davvero non ci fu più nulla che si muovesse sul pavimento.

Poi un ragno atterrò dal soffitto sulla schiena di Heck. Senza rifletterci, gli diedi un pugno più forte che potevo.

«Ahia!» gridò Heck.

«Ragno» spiegai.

«Sì, certo» disse lui, senza vedere le budella di ragno sulla sua maglietta.

Ci stringemmo in un angolo mentre l'ascensore iniziava la discesa. Santos si sfilò una delle scarpe e la tenne alta sopra la testa, pronto a usarla come una paletta scacciamosche nel caso in cui qualche altro ragno avesse deciso di attaccarci dall'alto.

Io fissavo il soffitto con tanta concentrazione che mi facevano male gli occhi, ma siccome i piani scomparivano verso l'alto e non appariva più nessun ragno, cominciai finalmente a rilassarmi. Quando superammo anche il secondo piano e raggiungemmo la lobby, tirai un sospiro di sollievo.

Ma dal momento che eravamo stati così impegnati a guardare verso l'alto, nessuno di noi aveva visto quello che ci aspettava nell'atrio.

Capitolo 70

Appena mettemmo piede fuori fu il caos.

I condòmini venivano sospinti verso il portone d'ingresso da agenti di polizia in uniforme. Vidi Fred Frizzell con addosso un accappatoio, che teneva un chihuahua con un braccio e si tirava dietro un trolley con l'altra mano. Il culturista teneva in mano un borsone da viaggio: *lui*, a quanto pareva, dormiva con un pigiama di *Star Wars*. E l'anziana signora che aveva comprato i biscotti di Heck ne stava mangiucchiando nervosamente uno, mentre si trascinava verso il portone.

Una piccola squadriglia di persone si fece largo nel palazzo, tutte coperte dalla testa ai piedi con tute di protezione chimica. Ciascuno di loro portava qualche strumento, da uncini e gabbie per serpenti fino ad aspirapolvere super tecnologici che dovevano essere stati ideati apposta per aspirare i ragni.

Il detective Taylor si fece strada tra la folla.

«Stiamo evacuando l'edificio» ci spiegò. «Abbiamo finalmente identificato la tossina: è veleno di serpente».

Non riuscii a trattenermi... e scoppiai a ridere. Risi talmente forte e talmente a lungo che il detective Taylor iniziò a guardarmi con aria preoccupata.

«Le conviene iniziare dall'ultimo piano» riuscii finalmente a dire. «Perché ci ha messo tanto?»

DOSSIER

Nome: Lothar e Ursula Ernst

Occupazione: Giramondo e????

Relazione con il caso: Lo hanno provocato loro.

Capelli, occhi, età ecc.: Non li ho mai visti, quindi non ho idea di come siano d'aspetto. Questa immagine è solo un tentativo.

Segni particolari: Guarda, ho già detto che non li ho mai visti, d'accordo?

Personalità: Immagino che non gli vadano proprio a genio le persone. Giusto una supposizione.

Abitudini, comportamento e talenti speciali: Adorano viaggiare verso mete lontanissime. Ma quando tornano non riportano mai delle magliette o altri souvenir NORMALI.

APPUNTI DELLA DETECTIVE:

Non sono una profiler, ma dopo aver esaminato casa loro sono giunta alle seguenti deduzioni:

* Hanno più soldi di quanti riuscirebbero a spendere
* Motivo per cui li sperperano in oggetti bizzarri che nessuno avrebbe necessità di tenere in casa propria
* E per me rimane un mistero il perché si prendano la briga di decorare casa
* Dal momento che a quanto pare non ci stanno mai, in casa
* Ma probabilmente è anche per questo che non hanno degli animali domestici normali, tipo un gatto o un cane
* Quando faranno ritorno da qualunque accidenti di posto stiano visitando al momento, troveranno ad attenderli una GROSSA sorpresa

Capitolo 71

Ero seduta di fronte a Kermit al tavolino da scacchi con il ripiano in marmo, nel salotto tappezzato di pannelli in legno dell'Arcanum. Stavamo giocando con un pochettino più di calma rispetto al solito: non usavamo neppure l'orologio.

Ma questo non significava che io non stessi cercando di vincere.

Spostai un alfiere in avanti, intrappolando la torre di Kermit. Mi stavo avvicinando al suo re.

Kermit alzò un pedone e si accarezzò la barba, immerso nei suoi calcoli.

Era domenica, una settimana e mezzo dopo che il Club dei Detective aveva risolto il caso. Kermit si era ripreso in fretta, una volta che finalmente gli avevano iniettato l'antidoto. Aveva ancora l'aria debole, ma il suo cervello era tornato a funzionare come prima.

«Si fede che hai fatto i compiti» commentò Kermit mettendo giù il pedone.

Io spostai un cavallo verso il centro della scacchiera. «Mentre eri in ospedale mi hai dato un bel puzzle su cui riflettere».

Kermit ridacchiò. «Ero delirante, mi zfegliafo appena per pochi zecondi alla folta. Giocare la Ztrategia del Ragno è ztato zolo un cazo fortunato».

Il detective Taylor mi aveva spiegato che i medici non avevano assolutamente notato i segni del morso di ragno nelle prime vittime.

Quello di Kermit era coperto dalla barba cespugliosa. Serenity aveva *ingerito* un ragno che era finito nel suo yogurt. Il signor Park era stato morso tra le dita dei piedi da un ragno nascosto nelle infradito. Solo Oskar aveva un morso facile da riconoscere, con il suo palese gonfiore.

E Bizzy? Era riuscita a farsi mordere *dentro l'orecchio*... e ancora non avevamo capito come fosse stato possibile.

Per fortuna, anche lei si era rimessa del tutto dopo aver assunto l'antidoto.

Kermit si difese con un pedone, che io mangiai con il mio cavallo. Lui lo ricatturò subito, ma era tutto parte del mio piano.

Ancora qualche mossa, e il vegliardo sarebbe stato mio.

Dopo aver fatto evacuare l'edificio, la squadra del detective Taylor aveva frugato in ogni angolo e anfratto, per assicurarsi di avere scovato fino all'ultimo ragno e serpente fuggiasco. Avevamo fatto tutti ritorno alle nostre case nel giro di quarantott'ore.

Tranne che per i miei genitori, è chiaro. Loro erano appena atterrati a Los Angeles quando avevano scoperto che il mistero era stato risolto... perciò, naturalmente, avevano girato sui tacchi ed erano tornati dritti dritti in Australia.

Avevano 'affari in sospeso', ci dissero. Ti sembra forse un'espressione adatta a due professori? Heck è sempre più sicuro che siano agenti segreti, e sostiene che lo dimostrerà.

Nessuno riesce a trovare Lothar e Ursula Ernst. Se lo chiedete a me, saranno in giro per il mondo in cerca di altre creature velenose. Ma li attende una grossa sorpresa, quando tornano. Saranno arrestati e accusati di omicidio colposo... per non parlare del contrabbando di avorio.

Era arrivato il momento di finire Kermit. Mossi la torre, dandogli uno scacco. Lui spostò il re, ma ormai gli rimanevano ben poche case a disposizione.

Anche Amazing Andy era sparito. Quella era colpa

mia (mi ero scordata di riprendermi le graffette), ma il detective Taylor non mi era sembrato preoccupato.

«Tranquilla, tornerà fuori» mi aveva detto. «Probabilmente a un'altra festa di compleanno».

'Magari quella di Heck', riflettei.

Dovevo smetterla di vagare con la mente e concentrarmi su come chiudere la partita. Kermit mi stava fissando, probabilmente in attesa della mia mossa.

«Ztrategia... del Ragno» disse Kermit a bassa voce.

«No, quella è roba *tua*» replicai. «Questo attacco l'ho improvvisato io strada facendo».

Sollevai la mia regina.

C'era qualcosa che non andava in Kermit. Sembrava bloccato, e rivoli di sudore gli scorrevano sulla fronte.

Poi abbassai lo sguardo sulla scacchiera.

Proprio lì nel mezzo c'era un ragno marrone, grosso quanto una mano di Kermit. Le due zampe anteriori erano alzate, come se fosse arrabbiato e pronto a mordere. Grazie alla serata passata nell'attico, adesso sapevo esattamente di che specie si trattasse.

Un Ragno errante del Brasile.

Estremamente aggressivo... e mortale.

Non si sa come, ma la squadra del detective Taylor se l'era perso. Be', non avrei permesso che mordesse Kermit. E nemmeno me.

Non mi fermai a pensare. Mi limitai a sbattere la

regina sulla testa del ragno, strisciandola avanti e indietro e schiacciandolo sulla scacchiera.

Le zampe del ragno si agitarono ancora un po', poi si fermarono.

«Scacco matto!» esclamai.

«Hai finto di nuofo» disse Kermit, asciugandosi la fronte con un fazzolettone stropicciato.

«Ho affrontato un intero esercito di ragni velenosi» gli dissi, mentre allentavo la presa sulla regina. «Ce ne vuole ben più di uno per fermare la detective Minerva Keen!»

I libri di
JAMES PATTERSON

Scuola Media. Gli anni peggiori della mia vita
Scuola Media. Fatemi uscire di qui!
Scuola Media. Mio fratello le spara grosse
Scuola Media. Come sono sopravvissuto all'estate
Scuola Media. Salvate Rafe!
Scuola Media. La mia solita sfortuna
Scuola Media. I cani mi adorano!
Scuola Media. Fuga in Australia
Scuola Media. Dalle stelle alle stalle
Scuola Media. Sorelle, disastri e rock 'n' roll
Supereroe di classe
Cacciatori di tesori
Cacciatori di tesori. Pericolo sul Nilo
Cacciatori di tesori. La città proibita
Divertentissimo me!
Superfantastico me!
Tutti pazzi per me!
Divertentissimo me! In tv
Divertentissimo me! Non ci resta che ridere
Fratello Robot
Fratello Robot. Fuori di testa!
Fratello Robot. La guerra dei bulloni
Cuore di topo
Jacky Ha-Ha
Jacky Ha-Ha. La vita è un gioco da ragazze
Max Einstein. L'esperimento geniale
Max Einstein. Ribelli in missione
Max Einstein. Salviamo il futuro
Best nerds forever. L'amicizia fa miracoli
La bambina che amava gli elefanti

Questo libro è stampato col sole

Azienda carbon-free

Certificato PEFC
Questo prodotto è realizzato con materia prima da foreste gestite in maniera sostenibile e da fonti controllate
PEFC/18-31-226
www.pefc.it

Fotocomposizione: Simona Gilberti

Finito di stampare
nel mese di novembre 2024
per conto della Adriano Salani Editore s.u.r.l.
da Grafica Veneta S.p.A. di Trebaseleghe (PD)
Printed in Italy